『デジャビュ』以後

田村雅之詩集

1992〜2016

砂子屋書房

目次——『デジャビュ』以後

『鬼の耳』（抄）1992～1998

『碓氷 うすい』（抄）2013〜2016

解説

装幀・倉本　修

田村雅之詩集『デジャビュ』以後——1992〜2016

『鬼の耳』（抄）1992～1998

魂送り

畑光（はたびか）りする舟戸
利根のみくまりのあたりから
記憶の等高線は刻まれる
ぬるい吾妻川を、子持山を右に仰いで
御伽筺（おとぎばこ）のつとに入って遡ってみようか

ぬばたまの五月闇に、ゆかしい死者達の食んだ蛇草（みず）や
草莽のしどけない破傘（やぶれがさ）が

手招いているから
中之條を過ぎて、宇多のみなもとへ
狐火にあうように
杖の大人(うし)に出遇えるだろうか
桃廼屋の屋号と、五三の桐の提灯を片手に
十年も音信がないのだから
言葉を忘れた鳥が翔ぶ
あれは鋭雁(とかり)か、まぼろしの
吹き出るような恋しさのやまびこか
たまには里にも見えなされ
年に一度の旨酒を、みもろの前で召しあがれ
伊勢町、ここはそなたの高祖の郷ではないか

いまは和蘭(オランダ)ならぬ日本ロマンチック街道

ドクトル長英が遊び、牧水が歩いたという
道の辺には藍のおもかげがひそと置かれ
望郷はかくのごとくにかそけくて
うたてき市井のわずらいばかり
などなどとデスペレートな感情の束を
球形の言霊につつんで
沢渡(さわたり)の湯けぶりのぼるあたりから
暮坂の峠まで
たったひとりの魂送り
夜明けには桶に光をたんと汲み
手向けの花をあげたくて

一　明館

臨江閣を左へ折れると巨きな松の並木道
鬼北が天のあたりで吠えている
上州かみつけのの春はまだ遠い
うれたみの重いこうべをたれながら
おと無しの人盗り川をひとり歩く

すねからひきずられそうな風呂川に沿って歩くと
跫音のうらから人の気配がする

幻の恋魚を抱えた風呂敷包みの田舎書生
隣には寄りそうように
青いソフトをあみだにかぶった西洋かぶれの一青年
ここ柳原の堤にまだ桜の芽はかたく
よめなはひからびたままだけれど
ふたりの間はほのとした春のあたたかさ
もうすぐ一明館

石のごろりと転がった
川原へりに建てられた二流旅籠
ここが前橋　ま、え、ば、し、ですよ
「利根川も、土手も、崖の樹も、雲雀も、赤城おろしも」
何もかもがそろっている
無口な宿の女さえ

紳士風の青年は家からもちだした
とっておきの紅茶を出して挨拶をする
一九一四年二月
竹柱に手を触れてあがる二階家の一明館
あれから八〇年、いたずらに歳経りて、あとかたもなく
一明館はいまは幻

＊引用は室生犀星「前橋を去る」より

出雲崎幻想

越の国は長岡から
真直ぐに戌亥の方向へ
雪の大原野をぬけ
与板を通って
すがれた葭のよく似合う
信濃からの大川の水配り（みくまり）を渡ると
そこは寺泊

かすむ弥彦のてまえに
ほっこりと国上山(くがみさん)が姿をみせる
しきなみの堤には
善知鳥(うとう)が啼き
にびいろの空には雁がはしる
（ここまでは今も昔も変わりがないのだ）

岩の苔道を乙子の森の草庵へ
花車な女の手を曳いて
おいさびのきだをのぼる
すると眉を月輪に刷いた
まぼろしの尼がふいっとあらわれ
村の童あいての手毬唄が聞こえてくる
「一(ひ)、二(ふ)、三(み)、四(よ)、五(い)、六(む)、七(な)

汝はうたい　吾はつき
　吾はうたい　汝はつき」
どこぞの山田の僧都か
あざ名曲の大愚良寛の
飾りないすがたが、かげろうのように
浮かんだかと思えば、すぐまた消える

「何に因ってか其れ斯くの如き」
と、道ゆくひとは顧みて、笑ったという
はなだいろに吹く風の行方にまかせて村なかを
ときにはつむじのように身をたたみ
転寝ごときもしたという

出雲崎の橘屋跡から石井のかんやしろへ

文政十一年戊子七月吉展
海上安全　氏子繁昌と石に云う
そんなおり和尚は病葉にあって
夢中の空に筆指をなぞっていたのか
「月を看て　終夜なき
　花に迷って　ここに帰らず」

見下ろせば眼下には束風（たばかぜ）避けの
細長い妻入屋根が寄りそっている
しろがねの三国峠を瞽女が越え
こがねいろに肌をむきだした佐渡島を
真赤な大夕焼がおおう
たしかに乾坤のさかいに民は泣き
ときに同胞の肉さえ口にした（そりゃあカニバリズムに違いない）

そんな光景をまえに大良寛はあいもかわらず
笑ってばかりいたのだろうか

「おきつ風いたくなふきそくものうらは
　わがははそはのおきつきどころ」

枯れた柞原の小高い記念館の
脇の裏山に族らの墓所がある
その盛土に親指ほどの蕗の薹がほっほっと
けぶるような早春の音連れを
みせてくれてはいたけれど
一陣あなぜが吹き荒れてもいた
そしてこうも言っているようなのだ
昔のことよりもそなたの母者はお達者か

＊文中引用「　」内は良寛詩

鬼北の帰館

大凡（おおよそ）、天地の間に生きる者は、皆な命と曰う、其の万物の死するは、皆な折と曰う。人の死するは、皆な鬼という。（「祭文」『礼記』）

来る春に、
相模の里に、
田芹を摘みにゆきたいなあ、と
かすむ声で誘った女は
残んの月に言葉を置いて
突然消えた

去る戦（いくさ）の終えた数日後

豊前築城（ついき）航空隊から
黒い喪の雨を降らせた無音の
あきつ島上空を
木製の「蜻蛉（とんぼ）」でかみつけのの碓氷郡（うすいこおり）へ帰館した男が
五十年の戦後を寡黙に生きて
そして逝った

速玉の
水のゆくえを占うように
凍て星に射られた
ふたつの魂の距離をはかっている
それは近く訪れるにちがいない自身の
イローニッシュな祝祭か
あるいは春雷か

それとも頬につぶての砂をうちつける
あの郷愁の鬼北か

風樹に嘆きがあるごとく
虎落笛が吹きわたる
二月の空に
草木はものをいわぬものにて、と
小紋の着流しは風につぶやいたが
そうではなくて、一木一草、翔ぶ鳥さえ
霊魂を持つというのがぼくの変わらぬ考えだから
樫垣(かしぐね)がふるえるように
裸形の感受性で考える

生や死は

水際立っていたり
けざむさ添えていたりするけれど
たしかにいまは虚宿のもなか
かつては仮葬場（もがり）の四隅に
栗の木枝を差し
男ならば九本、女なら七本
死者を麻布でくるみ、麻縄で巻きその上に笊を並べ
埋め葬るおりには差し込んだ棒を持ち
大きな叫びをあげながら剣舞を舞って
鬼を追い、はらったというのだ

だが、いま
懐かしきものみな去ると
嘆く風は、名残のようにつづき

鬼火もちろちろ門ごとに
天心に謎めいた流星がひとすじ
化粧の色をつれている

そんなとき
さなぎだに鬼は、そなた亡き人は
まいもどってすがたを変えて颪となり
野山のあたり
末黒野となる前に
三国の峠あたりまで
道ゆく人に宣りを告げ
息吹くように
消え去った

陽と鬼

貴賓席と書かれた
偉そうな椅子に座って
白昼のまっさかり、おれは場ちがいの
やけるようなコンクリートの舞台で舞う
剣舞を見た
罰当りのように陽はぎらぎらと照りつける
(dah-dah-dah-dah-dah-sko-dah-dah)

「東夷の中に、日高見国あり、身に入墨す」
つがろの亀が岡の遮光器土偶のようにか
アイヌの厚司のような
刺子の衣をつけていただけなのに

「父子の区別もなく、冬は穴の中に寝、
　夏は樹上に住み、獣皮を着て」
阿弖流為（あてるい）や達谷（たつこく）の悪路王の
ずっと以前からの習わしだ
獣の血をすすって、結んだ髪の中に矢を隠し
権力の威光に従わなかったという
　　（dah-dah-dah-dah-sko-dah-dah）

だからすなわち、日の本の国は

あげくの果てがこのざまだ
なまよみの甲斐の上九一色村でなく
ここ北上の、鬼の館で見せ物だ、見物だ
　　(Ho! Ho! Ho!)
厳(いか)めな仮面に袴をはいて
たすきがけに髪ふりみだし
扇を片手に太刀を佩き
つるぎを抜いて舞踊る（Ho! Ho! Ho!)
高館城の落ちたあと、さまざまな亡霊が
そのあらぶる魂をとぶらおう、なごめようと
物化(もののけ)の姿に身を調えて、念仏踊りの春遊び
　　（dah-dah-dah-dah-dah-sko-dah-dah-dah)

だがしかし、「原体剣舞連」にあるような

弦月の薄い光の下でなければ
異装の真のけはいはわからない
（こよい銀河の森のまつり
　打つも果てるも火花のいのち）と
瞋りの汗でおらぶ仮面の
ココロノウチガワカラナイ

だらだらと、罰当りのように陽は照り続け
めくるめく眩暈のなかで
侵略とか屈従とか、差別だとか被差別だとか
散文的な考えがゆきからうだけで
ハンケチなぞで襟首ぬぐい
扇子なぞで日を翳し
午睡に傾ぐものもいる

のっぺらした抵悟(もどき)顔が背中ごしに指を指す
偉そうな会釈を残し、中途で席を退っていく
そんな場ちがいなことをする
無礼なそなたはどこぞの麻呂か

*文中引用「　」内は日本書紀、（　）内は宮澤賢治「原体剣舞連」

多古、ノ浦

てことは、東俗のことばにて女をてことい ふ。田子のうらも手子の浦なり。（『続歌林良材集』）

多古、
たこと呼ぶ
浦、
うらあと応える声がする
かつしかの真間のあたりか
夜明けの空に倭文機（しずはた）の帯が解かれる
下北のうそりのやまのおくのうらうらか
ほとけがうだのあたりにもくぐつやうかれめが

声を喚げ　腰鼓などを打って
あづまのくにぐにの水辺の
あちこちで交わされていた糸遊の
ひかるうつしえを
夢にみた

はつはるの
暗室から出てきたのは
朝光（あさかげ）に身を濡らしたひとすじの蛇
女坂のゆるやかな石のきざはしに衣をすって
さびしい跫あとを残し、きのうの夢男を
もう一度確かめるように幹を巻きすべり降りていった
梅の香がじわあっと横流しにただよって
まさしく蛇の涙であった

いまではつたくさい田子の浦にも
幾条(いくすじ)かのけぶりがあがって
音連れの神のしわざだろうかそれとも逆立つ髪か
不二の麓の吉原の杜に眠る遊び女を
とむらう香のようだ
多古、
てこ、
田子の浦
遊女かきみは
手古の呼び名のおばしまから
浦、うらあ、と
浦曲(うらわ)の、金沢、由比、蒲原の浜風に
うらめしのてぶりで呼ぶ声がする

呼ばれているのは毛の国のえみしの末裔
そらみみか
多古、たこ、と呼ぶ声がする
浦、うらあ、と応える声がする

鬼の耳

三年前の夏に
はるか南の島で
鬼の耳と題された素焼きの壺を
その口に挿されたひともとの枯れ枝と
数珠つながりの実とともに
求めた
飴玉ほどの花房には
白濁珠が

ぎっしりと詰まっていて
そのオブジェを
ヤマトとウチナーの女男がかわす
相聞えのように
昼夜に賞でた

魂のひとつ
実のふたつ
つぶらのみっつと数えながら
それが馥郁たる香を放つ
月桃の花の実と知ったのはつい最近のこと
房室のなかの珠は
あの沖縄戦のがまの白骨にちがいない
と思ったのも

死んだ霊魂を鎮め祈りを永久に封じ込めておくのは
高貴で、誇り高い
わが敗者
鬼の耳にふさうと思うのだ
だからくりかえし問うてみる
ラディカルに
根源的に
根の国の耳鳴りを
わが罪をつぐなうように
骨洗うように

舟は蛇（くちなわ）

新桑まよの組紐には
うっすらと刷毛のような
狐の匂いが付いていて
撓垂（しなだ）る滋賀の
ささなみの女の結いの願いのようだ

（十五年戦争のミリタリズムと違うぞ）

息長川に小雨が降って
鬼のかぎろいが立ったから
舟出は明日
ふな魂に挿入れる髪毛は
仮契(けちぎり)でも火打ちのそれでもなく
前夜の狐女のでなければならなかった

枯野という名の舟に乗って
螺旋の曲りを
琴の音が七里四方に響く
舟は蛇(くちなわ)
丹生の朱を塗り水をはじく
うなじのはるかに
這う海原

女の肌のきめ細かな水面に
刺青のような鱗が光る
贄狩りを
薦枕（こもまくら）の下のうつほまで
網下ろし、十網（さで）さしあげて
絶対の世界の価値が欲しい、毬玉が、と
相対の愛の核心が欲しい、勾玉が、と
蛻（もぬけ）のはての
所作をくりかえし、くりかえししながら
叫んでいるようだ

チセの夜

平取(ぴらとり)へ！
わけもなくそう思い立って
一人の旅
たしかこのあたりの出だったという
草薙さんにそっくりな老人の頭蓋骨が
ねむそうな海を見ていたので驚いた
燐寸箱のような単線
まるで異国のさまだ

日高海岸を南へ
ゆうふつ、あつま、むかわ、と
石狩への入口、湿地に葦の茂るところ
厚司を織るおひょうアッニのある川
ムッカペッは砂が塞がるところという意味
富川という無人駅に降りる
沙流太、沙流川の口というのが古い名だ
天然の柳葉魚（ししゃも）が軒端に干されてある
昼の腹をすこし満たすため
もみじを肴に
冷や酒をもらう
日本には秋の更けのこんなに静かな駅も
まだあるのだ

何故に平取か
バスに乗合って北東へ三時間
二風谷に着く
チセという名の民宿の口には
電柱よりも高い背丈の人形が立っていて
額に縄を二重に巻いて、
腰に刀を
左右の腕には削り花の緒を垂らし
左手に長い鎗をたずさえている
ここは蝦夷の国
誇り高きアイヌの古都だ
何をしに来たのかと　眼窩に
問うているかのようだ

じつは何も
ここでは草木がさかんにものを言うらしい
それを聞きに、それだけのこと
ストーヴを焚いた居間で無言の夕食をとる

オウムの手配書が戸口に貼られ
「権力」と「情報」と「真実」について
一言問われた
あなたたちの祖のように、パクられた過去はあるし、
まずい飯を食ったこともある、とは言わなかった
ただ奥山の林に飛びかう伝説の鳥の声や
オキクルミの古物語を風に聞いて一晩を過ごした

昨晩のアイヌ葱と納豆と神の魚の白子を混ぜたうどん

それに茸も旨かった
と言いたかったのだったが
寒くて、何故かぜんたいせつなくて
言葉は少なかった
相変わらず、何をしに来たのかと
問われ続けているようで

犬吠埼の龍と蛇

夫婦が鼻、黒生(くろはえ)、海鹿島(かじか)とめぐり
ようやくに千人塚に立つと
ひゅうる
ひゅうと風が鳴る
川口鵜の糞石といわれたあたりのむこう
龍のうながみが突堤にぶちあたり
いきおい真横につっぱしり
ぼうぼうと景色はゆがむ

眼前の古銅安山岩の島は
漆黒に濡れ光り
鹿島に棲むこの強力（しこ）の龍は
いったいにこれまで何人の海の男をのんだのか
さむざむ訴えるように波の背に尋ねると
メャオメャオと鷗が啼き
心の内はしだいしだいに暗くなる
左手に帯が光るので
目蔭して眺めると
大蛇（おおおろち）の利根川だ
かわづらは入江近くになると
大渦を巻き、 生き騒ぐ
ややあって動きのまったく止まるときもある
攻めるものと防ぐものとの戦場（いくさば）となって

海水と淡水が互いに揉みあっているのだろう
はたして潮の香がつんと鼻をつく
「夜は則ち弓を枕とし
　風雨の節には、簑笠を家と為し
　草露の身には、蚊虻を仇と為す」
あのひたぶる将門もここに立ったことがあっただろうか
鬱々としたこの風景を
龍と蛇のまぐわうさまを
しかと眼に刻みつけただろうか

＊文中引用「　」内は『将門記』より

伯父の挨拶

亡びてゆくというのは
盛んでなくなること
勢いが消えて
うつぼ蔓の羽虫のように
殻に入ってふたたび
ぬけ出すことができないということ
それだけでなく
消えがてに、とんと背を押されていくことだ

虹のような
栄光も
時が古ると
ただの硝子玉の中の
とりどりの色

亡びる者にとって
瞬間そのようにふりかえってみたときが
死なのだ

たままつりの
迎えの藁火のむこうに
白く横たえた大人の幻がみえて

力なくさしだすように
挙げたその手は
さびしく魂を
確かにつかんでいたようだった

卓上狂想

くたびれた臓物
それでもぶちこむという
強制入院の悲しさだ

男はまず箸を持ちあげ
誤って脳(なずき)にちかずける
ぼうぜんとして浮かぶものがないので
真緑の菠薐草をつかむ

その色の深さに見入っているのだ

静寂の表面をなぞるように
置時計の針音が聞こえる
コップの底から泡がのぼる
かすかな軽さだ

帳をあけるピエロが
此の世から消え去ったので
軽業師の舞台も朽ちた
それゆえに
戯れているのだ
欠けた世界のへりで
酒の肴で

音は幻

さきたま坂戸の旧宅にて

声が似ている
斑（はだら）の具合が似ている
家居に住むという習慣を
確かにと納得するのだがすかさず
嘘！　というフェミニストの断が響く
過ぎた日の　遠く立つ流れ波のような仄白い記憶
音は幻と
なぐさみの風も頬を吹きすぎ

枯萱のぼうぼうの廃屋に
猫は無言で
日向でじゃれて

或る女

――長崎・興福寺にて

唐寺のいらかをあおぐ
べんがらが雨に溶けて
白壁を刷く
なんごくのながさき
鐘鼓堂のわきには
しだれ梅のつぼみがふくらんで
けぶる昼なか
女がひとり

夢中に立っているようだ
虎耳草（ゆきのした）のその葉かげから
蚊の立つように

高楼のマルガリータ

不忍の池端に
ふと気がつくと
白い蛇が左腕に巻きついて
濡れた身体をすりつけていた

ぬるりとした
なまあたたかな眼から流れる
涙の理由を問いただすと

男を迎え入れるとき
こうして時どきに
強く締めるのが
習い性になっているという

それにしても現実と夢の
この曖昧な差異はなんだろう
窓に六月の雨が
眼下にうすぼんやりと池沼の
くびれた女の腰のような輪郭が光り
初夏の喪心をうつしている

赤い煉瓦の狂院に
鈍の男を送りこんでから

幾年が経ったか
えごの花散る森の道に迷って
幻の玉女と契ってから
楕円の歳月をめぐりめぐって
たどり着いた高殿
この高いところに腕組むぼくらを
かかえつつむように
池之端はけぶっている
黒々とした蓮田の
不安の面をながめおろしながら
きらり閻魔の赤い舌出す蛇と
玻璃のふちにのった凍て塩を舐めながら
のみどの手前の口にふふんだ
マルガリータのほろにがさ

このさびしさはなんだろう

鬼籍のインターネット

金子光晴というと『壺井繁治全詩集』の栞文「人は何としても生きねばならぬ」という達筆の原稿用紙と、耳が遠くて話のつながらぬあの時の電話を想い出す
草野心平といえば高校の校歌と、無限のパーティーで誰も自分の話を聞いてないと怒ってマイクを料理の中に投げつけた光景を想い出す
秋山清というと池袋の喫茶・耕路のいかにも甘そうなミルクコーヒーと新宿「お和」の店に連れた美女　それと

あの太い皮のベルト
岡本潤といえば前島ビル三階の国文社の鍵をしめ忘れた
トイレと小用の立居姿
黒田喜夫というと清瀬の二軒長屋の書斎での呼吸(いき)づかい
とあの背を丸めたお母さんの姿だ
鮎川信夫は信濃町のボーリング場とゲーム機と世田谷の
家での不思議な女性の姿
谷川雁はテック重役室の机上で詩の講義、そこにやって
くる谷川俊太郎さんとの会話がわたしの持っていった小
切手とともに印象的だ
みんな青白い林檎のひかりの体験である
デジャビュとは最も深い所に埋葬された永遠の記憶の蜃
気楼だから
マイ・ヒストリイ　みな消えて居なくなる

鬼の館の入り口に
鬼籍が芳名録のように置かれていて
案内の扉をあけて若い読者がやってくる
「オモロイじゃん、じじいの話」
じじいとはわたしのことだ
いまふうにいえば　マウスでひとつひとつ
鬼灯をクリックして
インターネットを起ちあげるっていうこと
しかしいかにも寒く寂しそうだ
液晶のうえにはただ鬼の風が吹いていていて
噂にも聞こえてこないのだ
ありし日のあの彼らの姿やうたが

鳩の森

越してきた最初の晩に
声を聴いた
デデッポーポー　デデッポーポーと
それはサインだったのか
タネサシ、
突き出た岬という地形をあらわすアイヌ語か
さねさしという、
前歯の一つ欠けたような枕詞をもった相模の地に

うら悲しい灰色の譜面をつづって
朝な夕な送られてきた

九十二本の杉の木からなる森を
「鳩の森」と名付け
下の娘にそのなかでおきた出来ごとのえだえだを
むかし碓氷の郡の
生家の蔵の屋根や竹藪から
朝霧をおしひらいて掛けてくるめざめの挨拶や、
夕餉の灯ともしころに告げる刻の再誕だという
個人的な感慨は行間に沈ませて
つくりばなしに語っていた

しばらくそんな日と夜が続いた

深堀川の谷戸はくらく
伝説のしめった物語は
自然に肌につたわればよいのだった

しかしある日とつぜん地響きがして
森が消えた
なげ出されたような腰の切り株がころがって
ねかたとねかたのあいだから
鳥の落したふんに混って
いく種もの実のなる木々が芽を出した
葬いのあとの形見わけの手つきで
庭に移植をするその土にはまだ
小さな羽根毛が載っていて
ぬくもりさえありそうだ

休息の宿を失った鳥たちは
それからどこへ行ったか
三河を追われ、爾来頭巾を被って
死ぬまで旅をつづけた
漂泊の真澄翁をかさねてみる

翌朝
通勤駅のプラットホームに立つと
数十羽の声を失くした鳥が
サトームセンのビルから
できたての伊勢丹デパートの上空あたりを
ひたすらに旋回している
ああ、平和なのだこの国は

と口にふくんだにがい種つぶを
ぷぷい、と
ふき出すようにつぶやいた

勢多の泊

八崎より真西に渋川の町家ミゆ、吾か尋行く手川も眼下にミゆなれ
共直にハ行れず乾にむかひ渡りをわたる利根川也、西岸三四十間斗
大岩つゝき川幅三十間余とみゆ（「赤城行」高山彦九郎）

いにしえからつくしねの橋もとには
賤（しず）のおだまきが住むという
わが少彦の時代、
勢多の泊、八崎舟戸の橋の袂には義足の大男がいて
いつも童子と遊んでいた
しなだの厚い麻布をバケツにかぶせ
くろがねの遊星の鉄石を投げ込む
小さな透き徹ったいくつかの差別のまなざしにまじって

火花を散らす勝ち負けのたびに
かれは歯を出し笑っていた

冬の昼下りには木の脚とつえを脇に置きやり
脂光りするシャツをはおり
腰に牛舌のベルトをたらし
やぶれ目からは砲身の大腿をのぞかせ
地べたにどっかと尻をおとして
義眼のようなガラス玉を転がしていた

かれは何故、どこで片足を失ったのか
よわいの数さえわれら童子は知らなかった
気狂れ人でも、粋人でもない、まいては知恵遅れでも
じつはすこし前、

黄ばんだ大陸の兵や民を
銃で射たり両の手でしめ殺してきたのかもしれないのだ
霞がかった橋もとの風景に
いなづまの闇に立つ聖者のように
異様でなまなましい大男は存在していたのだった

同じ橋の袂には、夏になれば水死人が
筵の上に横たわる
まっ青な中学生であったり、樽腹の釣人であったり
浅間のむこうは夕焼けて
川床にかじかが啼いて、利根の中州に月見草は咲くのだが

川向うには屠殺場があって
白昼、家畜の鮮血まじりの叫び声が聞こえてくる

あしひきの赤城山の麓
奇人彦九郎も安永二年霜月十六日たちすくんでいたという
勢多の泊、八崎舟戸
白い獣の腰骨や頭蓋骨と一緒に、身の丈ほどの大石がごろり転がって
たしかにそこはマージナル
くまという名の男 女（おとこおんな）がひそむ坂上の
小暗く深い藪の家
親のない兄弟たちが腹をすかして日にあたる桑畑の廃屋
そしてぼくら二軒長屋の家居の群れ
その三角が村からはみ出た他所者の原・空間（マージナル）
四十年を経たいまようやく理解ができる
心にやきつけてすこしずつ大人になっていった
童子の奇妙な体験と
光景を

あんしゃん・れじうむの残滓(のこりかす)

へいせい九年はつ夏、しろがねの忍車で
常陸はうばらぎ、布川の栄橋を渡って
利根の河岸に立つ
柳絮がさかんに飛び
白昼、なまめかしく
うすものを引いたみどりの堤が横たわる

徳満寺の地蔵堂に

はげ落ちた絵馬がある、と聞いてやってきた
生まれたばかりの赤子を
両の手で締める母親の像（たしかなマチエール）

小さな口からひとすじけぶりが立って
はたして魂がぬけたのだったか
涙を落とす菩薩のすがたが
ようやくに宙空から顕ち現われる
うしろ背の障子には悲惨な景色を嗤うかのように
鬼の影絵が描かれる

ツワイ・キンダー・システム
間引きのことだ
この像をひとりの少年が見たという

すでに子供心に理解をし
寒い気持ちになったという

少年の名は松岡國男（ふおくろあぁの道の入口にはまだほど遠く）
ついきのう播磨の辻川から布佐の渡しをわたってきたばかり
いなさに吹かれ、河岸に立つ
明治二十年、十三歳のはつ秋のこと

（思えば同じような経験があったな
ふた親と離れ碓氷こおりの里見村へ
昭和三十六年、十五歳、浅間山の噴火の翌々年のこと）

その日暮しの、牛の目をした民がいた
蔵の三つあるわが屋敷には、

小屋住農さえ住んでいた
まさおの鎌の水争いもあったし
沼のような縄綯え人の子殺しも聞こえてきた
伝説のものがたりが悲鳴をあげる
そんな真裸の貧窮が
そこここの軒端から
夕餉のあかりが洩れるようにのぞいていた

それらをして、みな
あんしゃん・れじうむの残滓(のこりかす)と
鬼のように嗤うか
やぽねしあの弧状列島を
神のしわざか、ときどきに
足蹴にしたり、波打際や谷間に吐瀉したり

奢る者たちの横つらを、平手で叩いていったりする
たしかにいまは豊饒のきわみ

センチュリー、一〇〇年！
たった一枚の暦の上の話なのだ

朝かげは、神（カムイ）

よしんば女が蛇の化身で、淫乱で、さかしらで、邪悪であっても、
女とともに果ての果てまで行ってこそ（中上健次『浮島』）

しずかな記憶の環状列石が
ひともと棒のようなシーニュをつくって
卯の刻を示すころ
高床の窓架に降りた
帳（とばり）を剝ぐと
海上わずかに
あからひく朝かげが立っている
隣りの女を鎌で刈るように抱き寄せ

息吹きつけるように問うたのだ
古代からひとはこの赤き玉を見て
何と思ったか
体液は滲み
不可思議な豊かさが円（まど）やかに伝わり
身はぬくもりを感じとり
互いはしばらく動けないのだった

昨晩の入りは十七時三十七分
小半時もすれば狐が皮衣をひきながら帰るように
潮が引きはじめ
朝までかけて磯辺で
女の体をさするように
ひたひたと水が盈つ

星涵（ほしひた）の庭には
アンモナイトや三葉虫が
遊星となって宙空にかがやき
それらをして虚鬼が歩み渉って
ついには速雨（はやさめ）の虹が
夢中に架かる

それでも不安なぼくの心
隣りの女とのつながり
蛻殻が浜に打ちあげられ
塩を焼くけぶりが上がり
海上が照って
さらにくさかの直越（ただごし）を
あえぎながら朝かげはわずかにすこしずつだが登っている

そんななか、とつぜん海わたを割くように
女は一言答えたのだ
神（カムイ）、と
しずかな記憶の環状列石が
ひともと棒のようなシーニュをつくって
卯の刻を示す頃のこと

つかのまの、原人(プルシャ)

魂来りて楓林青く
魂返りて関塞黒し
…………
落月屋梁に満ち
猶顔色を照らすかと疑う

（杜甫「李白を夢む」）

李白は還暦すこし前、宮廷を追われ
南方夜郎の地に流謫の身となり
天姥(てんぼ)山に登ったという
仙女の声を聞くことができる天姥の山
しばらくすると空は急に変って
霧が濃くたちこめ
夕暮れ闇が迫ってくる
と、いっしゅん天姥の姿を目にするのだ

蒼白色のぼうっと微かな光につつまれて
それはしかしほんのいっときのこと
当然のように掻き消えてしまうのである
人の心のむつかしさ、奇怪なる世界
天姥の声を聞く山頂に到るのはむずかしい

トワイライト、黄昏れのこと
沈みゆく太陽の光のこと
残された人生の時間はそれほど長くはない
のちのかりことばを魚雁に認(したた)めて
昇りくる月の光との交錯する帯状の群れに投げてやる
するとまるで他界から射しこむ光の渚が答えるように
橋が渡って
まさに天姥の虹がかかったようだ

蛇のはだえ
月明りの墓に死んだ花嫁を迎えるように
炬火はうるしのように光り
奥深い亀虎（キトラ）の穴には色あざやかな星辰がねむり
幽魂をおもわせる螢が飛ぶ

センチュリーの岩がかすかにきしみ
もうすぐ死者の扉が開くのだから
聞得大君の衣に手をかけ
ピミクヮの髪毛に手触れるように
おもろさうし一巻を繰って
昇りゆく夜明けの太陽（ティダ）を
あ、け、も、ど、ろ、と呼ぶ
もどろ

眼前に火花が散るという意味だ
蛇につれられ李白、天姥、聞得大君、ピミクヮ、と
つぎつぎにあらわれるひとりひとりが
つかのまの原人（プルシャ）だ
魂が来て
魂が返って
夢とうつつに橋が渡って

龍神橋幻想

ほんのり薄紅色に染まった
蛇の夢をふところに
露分けの気分で
地図を片手に旅に出る
夢の主人公につとなりすまし
都会の雑沓から蛻(もぬ)けて
まずは縛られた巨人、熊楠翁に会いに紀州の田辺へ
鬼橋岩を右手に白浜の南方熊楠記念館

こんなうすら寒い、雨もよいの日でも
南方先生は裸で出むかえてくれている
天のことなどうわのそら
つゆくさごろもなどあるわけもない
ふるえる粘菌を指さして
蟹のように地面にはいつくばって採集する
かすむ神島に来た天皇にも
けっして桐の箱などでなく
いつものキャラメル箱に入れて差し出だす
ここが世界だ、これが生命の根幹だと
外見菌類すなわち植物にあらず
わが粘菌はわれらヒト科と同じ動物なのだと
頑固一徹、いい張ったら曲げない
むかしたたみ一畳ほどのどでかいトランクで

アメリカからイギリスへ
一八八七年二十一歳、サンフランシスコ到着
パシフィック・ビジネス・カレッジ入学
なんだか若きミスター・ドバスキーに似ている
曲馬団に加わりキューバ、ハイチ、ベネズエラ、ジャマイカ島へ
大英博物館ではイギリス人を殴り、唾をはきかけ、追放
のち一九〇〇年三十四歳で帰国する
奇人・変人の名をほしいままに
それでもあけてもくれても熊野の山で粘菌の採集
いのちのはじまりのすがたをみつめ
自然と人間のかかわりかたを問い
悠久の古代からあらあらかな現代まで
そこがすべての萃(すい)点だと
つねに翁は言っているのだ

遠くから近くへとたぐりよせる膂力
だから比喩としての鏡だけは清く磨け
できるだけ精巧なものを
顕微鏡も手鏡も、心の鏡はもとより、と
身体半分くらいのブリキの箱をかついで
褌一丁で熊野の森中を歩いた
右会津川をのぼって奇絶峡で汗をぬぐい
たまにはすべらかな龍神の湯につかったのか
かつて高野の杣（そま）びとの狩場道人と土地の神の丹生の姫がそうしたように
泥のようにおすべりについたのだろうか
日高の清流を川床に聞くころ
合歓のけぶる龍神橋に立つと
空には約束したかのように
ほんのり薄紅色に染まった蛇が

天に登ってゆくようだ

『曙光 Morgenröte』（抄）1998〜2003

記憶の紐

吊し柿の軒に下がった戦後
いまから半世紀ほど前まで
記憶の細い糸を手繰ってゆくと
その先端に堅結びとなって解(ほど)けない小さなものがある
「忘れずに必ず憶えておけ」と
言葉によって封印された光景
路考茶色のゲートルを巻いた復員兵のような男が言った

たぶんあれは利根の久呂保（くろほ）の役場へ
配給米をもらいに行く途次のことだ
湿った谷坂をのぼって岩清水が沁み出るあたり
わずかに動く気配に屈（かが）み
手にした蟹の腹には
生まれたばかりの子蟹があふれている
幼なはらからもいたのかもしれぬ
しばらく感嘆の声を喚げたあとそっと元に戻すと
幾らかはかたまりとなって落ち
しなやかな繊い列をつくってひとすじ流れてゆくものもある
「忘れずに憶えておけ」

さらに坂をのぼると桑の木群に青蟬がないている
その一匹を男から譲り渡され

力強く震える生の抗いを掌の中に感じながら
放ちやったあの生絹（すずし）の空
「これも忘れず憶えておけ」

たまかぎる日の光を浴びて
魂が蛻（もぬ）けて
骸（むくろ）となった父を前に
いずれも再生したり
殻から身を剥いで
くりかえし生き返る動物の話だったな、と得心し
童子に魂を籠めようとしたあの男は
一体誰だったのかと思い返し
堅結びに封印された記憶の紐を
五十年経ったいま

ゆるやかに解いている

父のこと　一

ヨーロッパに幽霊があらわれた
などという草文字ではじまる原書を
辞書を片手に読んでいた頃
水は上から下へ流れる
真理とはそういうことだ、ととつぜん
吐きすてるように男は答えた

すこし前に雪の奥利根に

赤いすだまを母音のように残して
病に倒れたその男とは
数年も会うことはなかったから
さらにこちらは過激な西欧思想に急にかたむきはじめてもいたから
新鮮な異和と反撥を覚えたのだった

しんじつ水は上から下へ流れる
みどりいろをした鮎の泳ぐ上越、岩本の下流一キロに
ローリングゲートを三門つくり
三角州の渋川
阿久津の取水口から山脇（やまあい）を絎縫（くけぬ）い
北橘・真壁の池に水を溜め
ゆるやかな勾配を走らせ
しろがねのジョンソン・デファレンシャル・サージタンクを設け

そこにまっすぐ水を落とす
$y = 1/2gt^2$, $q = gt$
落下の法則を風呂敷のようにひろげ
手品師のように一瞬
川水を電気（エレキ）に変えるのが男の仕事だったから

「男伊達ならあの利根川の
　水の流れを止めてみよ」と
柳暗花明の巷に足を運び
退嬰的な芸者遊びをしながら
へたな抜き手で世間を
泳いでみせたのだった

「佐久」という名付けを好んだあなたは

まぼろしの桜並木の下で
いまも宴をはっているだろうか

父のこと　二

――日赤前橋病院の夜景

この高殿からの夜の景色はいい、と
つまり、あがって見てみろと
眺めを薦めたひとは、そのとき
もう屋上に登る力はなかった
口に細い二本の指をあて
すぱあっとやりたいなあとも、
砂漠色をした灼熱の
コバルトをあてた喉からかすれるように

戯れにつぶやいた

病室のうすものは
横たえた体軀のような
赤城の山に朝晩くりかえし
眴せをしていたので
それに答えるように
むらさき色の沈黙の容姿は
心を撫ぜたり包んだりして
ほとんど慈母のように思えたから
けっして亡びることなど
考えもしなかった

美しい

品格のある
澄んだその色
つねにつねに端然としたその姿は
じつはあなた同様
しぜんそのもので在った

薤(にら)のうえの露かと思う
幽かにうつしみをふりかえると
たしかに達観を生き
果てとなり
あなたはいまは居ないのだ

のちの月日の過ぎゆく速さに
空しくため息をつきながら

今宵、
いまあそこに
夜の桜がぼうっと
と言ったあとは言葉がない
さぞかしあの日赤の
高殿からの夜景はよかったのだろうと
確信するかのように
なまあたたかな春の風が
いっしゅん
頬をかすめるのだった

牽牛花によせて

疾(と)うに
八十八夜も過ぎた頃
思い出したように
小抽出しを開けると
不思議に丸い面と
鋭角で不均衡な面を
ひとつにあわせ持った
黒褐色の固い種粒が

茶封筒に入って出てきた
筆耕のようななつかしい字体で
朱、青、白と書かれた
二年前に居なくなった
父からの
贈物だ

一粒、一粒
遺された言葉を選って
口にふふむように
ひと晩シャーレに漬け
翌朝、土に埋める
水をかけ、棚をつくる
はやくも輪郭をうしないかけた

麦藁帽子の下は
顔のないいつもの男
かれから教えられたように
忠実にことをはこぶ
祈りつぶやくように

淡く、濃い
ものの行きだから
いまのうつつを写すよう
今年も緑陰の隙から
漏斗状の
牽牛花(あさがお)を咲かせるだろうか
直ぐ射す日のひかりを浴びて
おもかげを覗かせてくれるだろうか

蔓は宙空に伸びて
アントロポロギー、
あたりまえ
信ずるところ究極は「愛」、と
理由（わけ）もなく
言いはなった故人の
あの螺旋の祈りはどこまで
届くだろう

廃園

家の北側には
風猛(かざらい)よけの樫垣(かしぐね)が一列
なかほどに大欅があった
白いエプロンをかけた
匂いある若き母に肩首を抱かれ
その根方で写した一枚の絵の日のことを
想い出している
あの直ぐなるひかりと

至福のときを

庭前の中央には
みどり美しき大松が
その下、女郎花の花開くあたりに
七三に分けた若き父に
肩先を抱かれ目を細めていた母
あの眩しそうな翳し目は
白内障の術後すぐのころ
想いかえしている
その平安の空と
ほんのすこしの嫉妬の風を

ほがら、しののめの明ける方には

古井戸を眠らせた竹林が
小鳥たちを遊ばせ
手前には鬱金の桜が
うすいセピアの壁をカンバスに
社倉のそばに細身で立ち
左右に五三の桐の家紋を入れた
扇型の石門の脇には
洞をかかえ緑青をにじませる老梅が
曾祖父のように深いため息をつき
さらに奥庫裏に続く右手には
苔色の帯をした青桐が
たしかに勢いていたはずだ

自然石を積んだ築山には

浅間躑躅（つつじ）や霧島が
その間から剽軽玉（ひょうきん）の
生姜の緑も生えていた
花の見事さに比べて
散りぎわが嫌と祖母が口ぐせの
海棠の丈の高さ
両手を拡げて三人分にあまる
蔵前の金木犀
こがねかかった檜のわずかに傾いだその角度
公孫樹にからまり天に向いた凌霄花（のうぜんかずら）の大花と
薄墨色の群山の重なり具合

腰のあたりの
弓なりの毀れた石灯籠を記憶の心に

思い起こしている
それらの位置を
確かな色つやを

万物は流転する
もののの行きのことではある

（本当のことを言えば冗談じゃないのだ）

庭道沿いにあったはずの
龍の髭のきれぎれを辿り
その叢から
真青にかがやく珠を
さぐりあてようと想い出している

いや探しているのだ必死に
涙もよいの廃園に

雲雀と蛇

神無月念朔日「ネフスキーを語る夕べ」があるというので　遠くみんなみの
宮古島まで行ってきた　七十五年前こつぜんと一人のロシア人が　いちめん薯
と甘藷畑の続く島にあらわれ「ごめんください」と流れるやまとことばで礼(いや)を
した　それからかれは三度島を訪れついには宮古方言辞典まで著した
オシラさまを研究・渉猟し　あいぬのユーカラをひろい　宮古の古歌謡をつ
づった　ニコライ・アレキサンドロヴィッチ・ネフスキー　日本人の磯子さん
とむすばれ　十四年ぶりに帰国した四十五歳の若き東洋学者は　一九三七年
何の科か逮捕され　十一月二十四日　娘を残し夫人とともにレニングラードに

二発の銃の音を残して消えたという

そのとき
スターリンはつぶやいただろうか
例の髭(ひげ)に手をやり
将軍は
さびしくてさびしくてならぬと

その日ひとすじ
やわらかな冬の雨が降っていたか
外套を喪したもう一人の
将軍よ
生き返って
指弾の証人になってみせてはくれないか

宮古に古い話がある　じんちなあと呼ばれる雲雀が節祭の新夜に二つの桶を天秤にかついで　ひとつは変若水　ひとつは死水　地上にと神に命令されるのだが　つと下方を見おろすと畑に真朱に熟れたいちごが生え　雲雀は桶をおろして食べ漁る　その隙にハブが岩の穴から出てきて変若水を浴びてしまう　すこしだけ残った水を人は手足の爪に塗ったという　生まれ変わることのできなくなった人と生まれ変わる蛇　神に仕えていた頃は金持ちだった雲雀は罰を受け貧乏になり「じん、ちん。じん、ちん」とお金をもらいに天に登っては泣くようになったのだという

　ネフスキーに『月と不死』という宮古の古い歌謡からこのモチーフをひき出した若水の研究がある　歴史に情などないから　皮肉のようにも聞こえてくる今宵獅子座流星群がやってくると街中が見上げる空　月の黒点はやはり雲雀の影で　変若水をのんだ白皙のネフスキーさんがいまでもくりかえし虹のような学問を続けているのではないかと思って悲しくなるのだ

現（うつつ）のいまを書いてみよ

——悼・伊藤聚

北おろしが枯大根の葉を
かすめ抜ける頃
おお、さぶっ
このやまとことばの嘘くささ
机上には一陣の鬼北に吹かれるよう
銀河のうな原に消えて居なくなったあなたの
遺していった一綴りの詩画帖
「臓器をかすめて到着する夢には塩をふる

あるいは漂白剤、鉄のボール、プラスチック
　の造花の束をふりかけておきたい」
異星からの欲望の暗号か
菅畳（すがたたみ）に坐った旧人が
悪意に満ちたプラモデラーの意図を解く
さわらびの古代好みが天虹紅のあらぴとうの
夢の夜に眉を引き脳（なずき）に薔薇を植えようとした
彼岸のあなたを解こうとする
（無理だってばあ、所詮……）
見たこともない巨大な橋下には
世紀の漣が立って
まるでその光景は生絹（すずし）のはじらいの眼をした
あなたからの置き手紙のようだ
冬の日は柊の森に入って

現（うつつ）のいまを書いてみよ
おお、さぶっ

大朝焼の渦の中へ

空は底だ、向こう側の——アンドレ・デュプーシェ

夏未明
明暗(あけぐれ)のうち
黝々とした松並木のむこうに
巨大な朝焼が立つ
伯耆の大山(だいせん)の麓、
皆生(かいけ)の海上はるかを
いちめん叢雲が厚く棚引き
空は曙色に染まっているのだった

渦、

国生み神話か、
ポオのメルシュトレームに出てくるような
眩暈の渦
ようやくに天上の舞台はうず巻き、
動き、変化（へんげ）する
速度の異なる幾つもの
流れが合わさり
すでに燃え尽きる終末の感情
まぎれもなく希いをこめた曙光の原理
紅黄の錦の筋が
鋭い角をまがるとき
光は屈折する

わたしたち見る者の、
心の移ろいなのか、心中なのか
畏怖と歓喜は駆けめぐって
その内面の襞は
鳥辺野でとりおこなわれた風葬のようであり
混沌のとばりのむこうは
あらかしの世紀の端緒
山越えの阿弥陀仏のおわすところでもあるようだ

確かなのは
この心の定まらぬ迷いのなかに自分が居て
明暗の現(うつつ)が今であるということ
だから、死の淵にのぞんで

最大の沈黙を前にしたとき
ひとり勇気をもってあの渦中へ
立ってゆくことはできるか

ゆくがよいと
この大朝焼は教えているようだ

余白

辰卯月廿六日ニ堺宗恵來　是ノ梁階カ柳ニ鳥ノ繪ヲ見セタレハ
鳴乎しつかな繪テ有ニ御座ートほめたり一言ナレトモ面白ほめやう也
此繪枯木ニ雪ノフリテ小鳥ニハかゝみ居タル所也
雪ハしつかなる物ナレハ尤也
付之思ニしつかな繪いそかわしき繪等心を付而感事也
八軸ノ内　夜雨　鐘なとはしつかナルヘシ市ノ繪ハいそかしかるべし
惣雨月ナトハしつかなる物ソ

（源豊宗著『等伯畫説』一五九二年）

この世の余白から
ただわけもなく
等伯の「松林図屏風」という
静かな墨絵を見ていると
ふと今から二十五年も前のことを想い出した

中原思郎さんを訪ね
山口は湯田にある
中也の家に行ったことがある
御母堂のフクさんもまだ居て
なまあたたかなビールを運んでくれた

たぶん中原家の女衆は酒飲みが嫌いだったのだ
その思郎さんは道端を眺め
「あれは中也の同級生だ」と
杖をついた背の丸い老人を指さした

しばらくしたら中也そっくりの憎まれ子の顔で誘われた
ストリップ劇場はどうかと
けれど裸の女ではなく、ひとり長門峡に
ひかるくちなわを忍び見るように出かけた
長門峡はただわけもなく静かだった

そういえば中也の家で
思郎さんは焼け残った古写真の束の中から
中也の長男文也の死んだ日の写真を手に

薄く開いていた瞼にひとすじ墨を入れた話を
しんみり話した
灰寄せをするようなおももちで
まさしく人の伯父さんだった

出光美術館の床にへたりこんで
長谷川等伯の「松林図屏風」を
半時ながめていると
この余白の光と
空気を押しのけて
松林のあの奥はどこに通じているのだろうかと
深まりゆくあの枯れ
静かなあの林の奥処に
亡き子久蔵を横たわらせておきたかった等伯の心境と

中也の文也の死を重ねあわせて
黙した

静かな絵の
余白を前に
芸術の極北をつきすすみ
描ききった
その膂力を考えた
その高貴な気韻のありかを考えた
散文的な過去のえだえだの骨のかけらから
余白のような真実の核心を
さがしあてるように

『エーヴリカ』（抄）2003～2006

野火の記憶

乾の方に高山ミゆこもち山といふとなん、其南の方に又高山あり、吾妻山なり、其南伊賀保山水澤山二つ獄よくミゆ、吾妻山と伊賀保山の間遠く雪の山ミゆる是草津山信州上州の堺山となん、八崎宿町並の所也（『高山彦九郎全集』第一巻「赤城行」）

上越線と吾妻線が分岐して
すこし北へ
汽車は赫くかがやく赤城の山脇に入り
溝呂木、深山方面に向けて
最初に絎縫いはじめるそのあたり
地図で言えば八崎という地名の線路沿い
芝草が黄金色に染まる初春
冬枯れの野を焼く時が迫り

土手堤のあたりに住む青い坊主頭の少年たちは指を折って
その日を待った
（軍の会議を真似ていたかどうか
　企みが謀られていたはずだ）
盗賊のように囲いを作って
かじかんだあかぎれの手で燐寸を擦る
丸めた新聞紙から火は草に
炎は日の光に溶け見えなくなる
その周りにじわっと不吉な黒い面が
音もなく広がり
勢いは増し、ときに弾けた火打ち音を作る
野火だ！
これが火付けの野火だ
しばらくの甲高い喚声ののち

鬼北が走る
火が走り、逆巻き
炎は左右に揺れ
煙は眼を覆い、一瞬高温が身体に伝う
火種が跳び、火が移る
消さなければ
早くに消さなければ
急ぎ黒い学生服を脱いで火をたたく
火の粉が舞う
恐怖の轟音が巻き上がる
(もう引き返せない、どうしよう
火は消せない、どうしたらいい
あの十五年戦争もそれに似ていたのだろうか)
少年たちは赤糸縅(おどし)を着た落人のよう

責をとらず、一目散
ちりぢりにそこここへ消えていったのだ
後ろめたい記憶
責をとらず逃げた自分
（偉そうなこと言うなよ）
そんな負い目が野火の記憶

今戸橋幻想

正月、「太古の水の跡か知れぬ」という
赭土(そほに)色をした無音の地に
小岩や石が転がっている
そんな火星の絵を新聞紙上で見た
穹天をあおぐと球体は
うれたみの表情に曇り
じつは内蔵する疲弊の民のおももちは
暗い翳りに覆われていたのだった

もうすぐ父の七回忌
父の生まれ育ったという浅草に出向いた
蓖麻子（ひまし）油のような川面に都鳥が
記憶のかなた、隅田川のこのあたり
無数に黒く炭化した屍が浮いていたと母から聞いた
しゅんかん大地震（ない）や大空襲の
まがまがしいデ・ファクトが脳（なずき）を横切る

すると突然、軒端から
鬼の天窓を喰うという今戸焼の
牡牝の招き猫を焼く職人が
待乳（まっち）山から駆けおりてきたのだろうか
勢いよく飛び出して

「初春から縁起でもねえ」と
もたげた赤い記憶をつまんで、消し壺に熾をつめ
竈祓（かまどばらい）の赤札が貼られた壁に
へっついの奥つ物、その隅に、十能でぐぐいっと押し隠し
くさいものにふた、と意味不明の言葉と
かすかな獣の匂いをのこし消えていった

そこへ幼ない父を負紐（おぶいひも）で背負った少年
十幾つかの若き川口松太郎があらわれる
音無川を源にして
桜で名高い飛鳥山の北を側つきに見
王子の権現わきを絎（くけ）るように流れ
今戸橋まで、山谷堀の続いていたそのあたり
いまから八十数年前、猪牙（ちょき）舟を仕立て

昨晩のけわい井に落ちた月魂（つきしろ）の瀬に
船頭が一人櫓を漕いでいく

はるか山谷通いをするお大尽遊びのあった頃
大正八年、『デモクラシーの本領』という翻訳出版をしたばかりの
祖父浩と、祖母満寿それに父たち男四人兄弟と
わが家の書生さん川口少年が
動く、動いてみえる
生き生きと早足で、皆着物姿で
サタジット・レイの無声映画「大地の歌」のスクリーンのように
動く、動いてみえる

つまりはここが夢の中
やっとここで、出会えたなと思う

カジカの話

――箱根堂ヶ島・早川渓谷

川辺でこうして
寝に付くまえに
河鹿蛙の声を聞くのも
何年ぶりのことだろう
カジカといえば
利根の清流に架かる、大正橋の北
裾野のながい赤城山を背にした
水母色の宵待月が川床に浮かび

若き廃王の
月草の襲(かさね)に移したという
移し草がほんのり色を見せる
その刻をみはからったよう
鰍が一尾
苔色につやびかる、薄平な小岩に
瞬間
鞍にまたがるよう
ぴひょっと飛び乗って
ややあって
織部の司に変身して
あの川瀬を縫うよう
突然
美声をころがし、響かせるのだと思っていた

いまのヒトもそのように、進化して来たらしいのも
あとで知った
何億万年も昔のことらしいが
それにしても、なんだか近頃の河鹿は
元気がない
ここ箱根の堂ヶ島の、早川渓谷の蛙も
いっこうに張りがなく
どこか気鬱症患者のようなのだ
終りなき時に入ったというけれど
たかが半世紀くらいの話なのだから
しっかりしてくれ、とはげましたくなる
しかし、耳を澄まして
あらためて聞くと
どことなく渋い、味のある声である

決して若くはないがどこか厳かだ
束の間あとさきのこと
耳が年をとったのだろうか

臨終（ついのあとさき

今から三〇年も昔の話だが
母方の家は代々の医家だったから
祖母はガンに罹っても
一度も入院をしなかった
死ぬまで畳の上にリンゲルを立て
一日おきに医者が往診にやってきた
祖母の涯てる日
家族の揃うまで

死なせてはならないと
確か大黒の柱のよう
黙契はひともと立っていた
カンフルを！
誰が叫んだのか
痩せた薄青い覗(のぞき)色をした
小さな胸に
ひとさし刺したのが誰だったか
記憶は窈(くら)く、ほうとしている
けれど口唇を合わせ
呼気を口移しに吹き込んでいたのは
初孫の自分であったのはよく覚えている
プルスの停止を
たがいの目くばせで認(したた)めたのちは

すずろに寒い骸（むくろ）に懐刀を置き
五色の旗皐（はたざお）を門庭に掲げ
かむろぎに差す真賢木の小枝を
井戸の水甕に漬け置き
三方（さんぽう）を蔵からとり出し
昔、寺子屋をしていた時代の文机を組合せて
白布の神棚を作り
幣を立て
洗米（おさご）と生魚、野菜を飾り
鏡を添え
香を焚き
しずしずと儀式の仕度を調えている頃のこと
鮮やかな記憶がひとつ
風を切って、つばくろが

鎧戸（よろい）のある北の玄関から
南の庭に向けて
ガス燈跡の残る格天井（ごうてんじょう）の下を潜り
まっすぐにつき抜けていったのだ
その速やかな
紫電一閃の道
それからまた不思議なことがある
冬から春にかけて
病んだ祖母の吐瀉物を
捨てつづけた藪（やぶ）林は
その夏いっせいに竹の花をよろずに咲かせ
七〇年ぶりに枯れたのだった
臨終（つい）のあとさきの
一つ、二つのことである

得撫（ウルップ）の花

散骨を、
死んだらオホーツクの虫襖（むしあお）の海に
そう言って酔うた父は
春の潮瀬（しおぜ）の波折（なおり）をながめ
自らが作詞したという
「得撫（ウルップ）島の花」と題した詩曲を口遊んでいた
当時、息子が批判をしていた戦争詩だ
魂を葬り送るとき

散骨には従わず、その曲を流した
「明日のいのちをいかで知る／ただに北護るもののふの／
　盡きぬ名残を押花に／露を置き敷く草枕」
　　　　　　　　　　（昭和十八年、於得撫島）

そう自筆稿のある七五定型詩だ
のちに「人工降雨の研究」といって
高行く二羽根のへりに乗り
まかがやく奥多摩の小河内や相模の湖上に
沃化(ようか)銀やドライアイスを撒いていた父は
その時なにを思っていたのだろうか
まさか花を咲かせた昔噺の翁のよう
月下被髪、この乱拍子の世の大八洲(おおやしま)に
あの得撫(ウルップ)の花を、咲かせようと
かなわぬ夢を、夢見たのではないだろう

亜爾尼加

アルニカという花の名を知ったのは
だいぶ以前のことだ
三十になる頃
高野長英の書翰を読んでいたら
わが曾祖父良之助のそのまた祖父にあたる
国学者で蘭学医の俊庵木暮雅樹の名が出てきたので驚いた
（そういえば僕の名前はこの二人から一字ずつとって付けられたのだ）
それは天保年間の遠藤玄亮宛の手紙

九月二十六日附
榛名山の東麓の水沢近辺の野に
アルニカ花が盛んに咲いていると思うから
木暮氏の指導をえて
早速に花を摘み取り
一、二斤送ってくれという文面だ

いちどアルニカの花を見てみたい
永い年月そう思い願っていたのだが
昨年新潟の大地震のあったちょうどその日
『ＥＲＡ』の同人の瀬崎祐が
アルニカ花の苗を
斎藤茂吉の大好きだったという翁草と一緒に
倉敷からぶらさげ持ってきてくれた

はたして
どんな花が咲くのか
毎日水を撒き想いめぐらせていたのだが
三十年来の願いかなって
小さな鬱金色の花が一輪咲いた
こんどは宮城の大地震のあったその日のことだ
長英の書翰からかぞえれば
じつに一七〇年あまりの時を経て
奥州水沢の長英が江戸に尚歯会を開き
上州のアルニカ花を摘ませた書翰から
倉敷の女人の手を経て
ようやく桃栖屋の末裔のわたしに渡ってきた

すこしばかり時代がかった話ではあるけれど
小さな兎の耳のような葉と
茎の頂きに金色の車を乗せたような姿
亜爾尼加(アルニカ)と記されていただろう江戸からの
ほんのささやかな贈物かと思うと
それは満願
ほっと胸なでおろす
至福の時間でもあるのだった

Great mother

「偉大なる母」と書いてみて
大袈裟でもないな、と
たらちねの母のこと
女丈夫という言葉が
ふさわしいかなと思う

むかし、ひとり親元を離れていた頃
久しぶり懐に小走り寄っていったら

思いきり平手で頬を叩かれた
こりゃあ近江聖人の母者のようだと
理由はともかく
それは悲しくて
鬼婆のように思えたのだった

三十代で底翳（そこひ）で片目を失くし
一人の息子を乳児期の重なる病ののち
妄想の狂で失い
末の娘を出産時のあやまりで
脳に傷を負わせた
いえば不幸の典型である
ところがこれがなかなかの女傑なのだ

ガンに罹ったその年はやく
秋間の梅林で写真を撮った
うまくしたら遺影にと
その夏から枯山水の松に
勢いがなくなり枯れたのだった
母の名は「松江」という

どこが偉いか
そういわれると解らない
すこし複雑なその心理を窺ってみる

あざやく舌鋒と、目をみはる健啖
言を放って
ひょいっと自転車にまたがり

「それはそれ水木(みづき)の花の風情かな」などという句を捻って
からっ風を句会に出かけて行く
齢八十五にもなって
どこが偉いかといって
まるごと女丈夫
そんな元気印が Great mother

松阪へ

――本居宣長之奥墓

旅をはじめて幾日が経つだろう
と、もう正確にその日を数えることができなくなっている
夏の晦日（つごもり）か朔の日だか
とにもかくにも伊勢の松阪に着いた

昔の人の心ばえはおおどかなもの
月をあおぎ見
たとえば朔のはじめを

一人は「今日ぞ」と
いまひとりは「昨日ぞ」と思い
今一人は明日にちがいないと心に定めたらしい
などひとりごつ
妙楽寺の旧参道を
言の葉の行と行の合間あいまに
ふうっ、ふっ、と
吐く息の呂律に強弱をつけて登る
きざはしの初手から、
既に『真暦考』の講義が始まっているようだ
鈴屋の跡には何度か来たが
この奥津城にまで足を運んだことはない
長年の願いがかなえられそうだ

美しく苔むし
うす石を幾枚も重ねた段
杉の並木を両脇に
山路はそうとう急であるらしい
鎮まりかえる山中
まずは、あぶら蟬の挨拶
四半時で寺の境内に着く
つぎには熊蜂の出迎え
ここからが翁の奥津城への専らの道らしい
笹がおおいかぶさり
ややしばらくは人など歩いたあとのない嶮しい道が続く
白銀にかがやく女郎蜘蛛の巣をはらいながら
奥へ奥へと登る
ふうっ、ふっ、と

足もとには浅黄色に照り光る蜥蜴が走り
赤棟蛇（やまかがし）だろうか
脇の笹土手に潜り去る
すべて蛻（もぬけ）の魂の持ち主だ
その兆しと気配でわが胆をためしているように思われる
みごとな翁の挨拶に
いささか魂消（たまげ）て
ふやっ、と
脱帽していると
とたんにいただきに着いたらしく
脇の景色がはずされる
ひとっ子一人居ない
つまりもう辺りぜんたいが大人の墓なのだ
石碑に「本居宣長之奥墓」と文字が刻まれ

奥の円墳には山桜が植えてある
汗をぬぐい、手をあわせ
額をつけると

そこへ不如帰（ほととぎす）の
杉や檜の木立を透かしての
一声である

エーヴリカ

トーマス・マンは一人でノヴァーリスを発見した
そう、クルチウスが『文学の旅』の中で言っているが
平出隆も一人で伊良子清白を発見した、それも新しく発見したのだ
ますます芥川に似てきたわが友、樋口覚が帯文で書いている
発見！
そうだ、ロシア語ではエーヴリカ！
ユウレカのことだ、と
内村剛介から

ウォッカは喉奥に放りこむようかく飲むべし
という実際の作法とともに教わった
むかし、チュリマ（監獄）二十五年の禁錮刑としてラーゲルに囚われ
独房生活を強いられた内村さんが
竹内好の葬儀で私の隣りに座っていた
葬儀委員長が燕尾服の埴谷雄高で
司会進行が朴訥の橋川文三だった
ほとんど知られていないけれど私の知る限り、たぶん
これが吉本・埴谷論争のとっかかりになる最初の衝突の舞台だったはずだ
千日谷で、弔辞の一番手の増田渉が立って巻紙を読みはじめた
途中、ぐぐっと慟哭をして、しばらくの沈黙の後、どーんと音をたてて倒れた
凍りついたようなあたりの静寂、マイクがマンモスのような巨大な鼾音を拾う
内村さんは「田村君、僕はこういうのダメなんだ。失敬するよ」
と首をすぼめて席を立った

スターリン獄の独房に入っていた人の言葉ではない、と思ったが
しかし、人間とはそういうものだ
えてして、とも思った
今にして思うと、あの時内村さんの脳裏に横切ったものは、
胸の奥底で響いたものは何だったのだろう
発見
内村風に言えば
エーヴリカ！なのである
そのまま正直に感受を行動にあらわしたのは美しかった
その日は武田泰淳の一人娘の花ちゃんから
写真原稿をもらう日でもあったのだが
百合子さんと慶応病院に
そのまま帰ることのなかった増田さんに付き添い出向いてしまったので
約束事はしぜん延期だった

泰淳が好さんを連れて行き
好さんが増田渉を連れて行った
周りの人はそう言ってその日嘆いた
その晩、たまらなくメランコリックな気分になって
一人新宿をさまよい、腰が抜けるほど酒を飲んだ
忘れがたい一日であった

石斛（せっこく）の花

文月（ふん）七日
かつて神を待つ棚機（たなばた）つ女（め）が
うすい退紅（あらぞめ）の裳をまとい
月を仰ぎ
そして庭前に対なる女男の
人形（ひとがた）の依代（よりしろ）を差し出すように吊ったという
そんな日ひとり
石斛を目の前にしている

平凡な生と死の境にあって
夢のいそぎに黙しているような
しずかな草のたたずまいだ

古くは、いわぐすり、また、少名彦薬根(すくなびこのすくね)とも言った
濡れた古木に翁の白髪のような根を
力強く幾条(いくすじ)も這わせ
その茎のひと節に一葉、また一葉と
苔の暗い緑線形の葉を互生させ
ときには誰にも知られずに
ふいっと淡紅の芳しい香のするまぶしげな小さな花を
ひとつ開くこともある
涯しのない薄明のいま
たしかに女の扉を押し開けるよう

ついにひらく花
しずかな草木の
まがなしきたたずまいの
ありようだ

鼓橋幻境

――悼・山中智恵子

伊勢の国は白子の駅(うまや)から
ひとりみんなみに糸引くよう
直(ひた)あるく
型紙商家の板塀が鶏血の朝焼けに染まり
脇に添うよう植えられた珊瑚樹
その葉脈上の翡翠の光の玉を
ちらり見やりながら
さらに道を直(ひた)あるく

おもそうな水を垂（しず）にたたえ
川の央に打ち置かれた杭のまわりを
海鵜や鷗や渡りはぐれた鈴鴨が遊ぶ
泥の噂の堀切川
そこに架けられた鼓橋を渡る
ここがマージナル
精霊のすむ領域だ
ここからが詩の発生する不思議な場所なのだ
ふいに幻の童女があらわれ出て
狂ったように脳（なずき）をふるわせている
（夜明けから、ここでひとり
青鷺という名を持ったかの女は
いつも青い扇をひろげ自動記述をしているのだが、
今日はぼくの案内役なのだ）

古色黝(ゆう)々の松が居並ぶ
白砂の真砂路
蒼茫とした鼓が浦の海岸だ
一八〇度、横一線
津や松阪あたりはけぶる煙のよう
しきなみのしくしくと打ち寄せる渚には
豊饒のためのさまざまな音が
連れ立っている
松籟も沖の小船の悲哀のエンジンの音も
すべてが雑然と混じって聞こえてくるのだ
耳を澄まして、選(え)ってみて、と童女は声かけてくる
人間の世を押し圧(へ)すよう
鉛色の空の瞼をさらに覆うよう灰の雲がかかる
遠くにはよどんだ海がかがやき

鬱々とした海鳴りを轟かせている
秘密めいたいい方だけれどじつはここが孤独な童女の故郷
哀しくも美しき声調の源郷なのだ
骨を拾うよう貝殻を拾い
そっと耳あてると
呟(つぶ)めいたあの瞑目の
和魂(にぎたま)の声が聞こえてくるようだ

『水馬　すいば』（抄）2005〜2011

はしり星飛ぶ

弓手（ゆんで）の指差すさき
たなぐもる出雲の神話が
闇の陸（くが）影に透けてみえるあたり
満天の星の座あおぐ
白兎海岸の北
数千尋の船上に
ひとすじ赫（あか）いはしり星が飛ぶ

眼下の海上すれすれにかもめが
一羽あらわれ消える
光のあたる面には
うさぎの波がさ走る
つぎつぎに、群れをなして風を研ぎ
背を丸め、縹の上つらを蹴るようにさ走る
息も切らさず、間隙もおかずに
歴史の、無言の群衆に似て

かつてここ日本海には
人馬が渡り
軍楽が響り
「脱亜」「脱亜」と
日章旗を振りはたたかせていた頃のこと

いそぎ文明に舵をいっぱいに切って
辮髪（べんぱつ）やチャンチャン坊主を
嘲笑い、騒ぎはやし
いずれにせよあの福沢の文明論にのって大陸を
野蛮と見下（くだ）していたのだった

記憶はもう弱法師（よろぼし）のよう
そういえば昭和のちかい昔
特攻服の下にさらしを巻いただけの
あの十五年戦争の最後あたりの
若き海軍の兵士たち

その名はたしか「流れ星」

息長（おきなが）

そこは
想いおこせば
のちに知ることになる
マージナルっていう場所だったんだろうな
ぼくの家は橋を渡った川向こうの八崎舟戸
橋のたもとに簡素古樸な竹屋が一軒ぽつんとあって
同級生永井君の家だ
店床（たなゆか）に長竹を幾本も並べ、枝落しをして

刀で幾筋にも割いて、さらに擦って
まるで夢占の手品師のよう
まさおに匂い立つ籠やら笊を作っていた
その永井君の家の軒ばを左に曲って
若鮎のはねる利根の川土手を伝い歩いてゆく
むかし高山彦九郎は赤城を下って
渺々とした大川を
輻湊する舟で渡ったのだ。
北には白い根雪を被った三国山脈が
手前は子持山のふもとの阿久津
もうここらあたりから記憶の頁は烟雨茫茫として
ついに朦朧体の画のよう、
繰ってもめくっても、おぼろなのだ
屠殺場

そうだそこには
茅や蓬(よもぎ)などの雑草のあいだに隠れるように
不思議な形をした屠殺場の
建物があったはずだ
おぼろげなのは
そこは来てはいけない禁忌の場所だったからではないだろうか
確かなのは
泪の谷を落ち
死ににいく獣の
えもいわれぬ哀れな声が
川床の上を執念く伝い
はうように渡り
わが家のある舟戸まで聞こえてくる
その声の発生場所は

あそこにちがいない
子供の頃からそれだけは確かだと
その舎の中の光景をいくら想像しても
像は結ばずただ声だけなのだった
息長（おきなが）の
あの訴うるような声を聞いてから半世紀
獣の身体から熱い息の
ひとつら抜けるような
哀訴の極みが耳について離れない
穏当さを欠くようだけれど
あの声のリアリテは
煉獄に囚われているアクメイストの嘆息や
女男の契りの水に似て
エロースの高貴な香りさえ

あわせもっているようなのだ

鬱抜け

あれは何時だったろう
たしか夢前(ゆめさき)川の花が
両堤に朱を明らめるすこし前のこと
依然、こころのうちは鬱悒(うつゆう)として
せいしんの塊は氷室にあって
その形状のうちがわに黝々(くろぐろ)とおびただしい
髭枝をはやして
なづきの奥底にひそまっていた

幻の抗鬱剤アモクサンを10ミリ口に含んで
懈(だる)い身体をおして
朝に出た（もう四〇年も同じ編集者のいでたちだ）
この国いちばんの混雑の駅舎の人ごみを
絎(くけ)縫うように抜け
電車を乗り継ぐ

曙の太陽の色、朱の華やかな
はねず色をした列車に
俯きながらもその日は
乗降をいつもより１／４輛ずらして
先頭より五輛目の頭のドアに変えてみた
すると水駅(みずうまや)のうすぐらい聖橋の橋梁下(きょうりょうか)手前

そうだほとんど土俵際
わずかに車窓が外界にのこった

その矩形の窓から
久保栄が自ら縊き果てたという病院の窓下
対岸の高い堤に
一本の柳の木が
世界から堂々一本ぬきとってきたように立っていた
朝日があたって
みごとな色の若芽をつけて
枝は風にわずかにゆれて
幾条（いくすじ）も幾条も垂れさがっていたのだった

するすると紐がほどけてゆくように

これでぬけた、と思った
うすずみの鬱の
死の際からようやくに

不忍池の朝

黝（くろず）んだ枯蓮の
枝えだのあいだから
のぞき色をした巫女の細い手で運ばれる
お盆くらいの大きさの
蓮があざやぎ
青光（あさかげ）に浮き
その若葉の面（おもて）には
張りに張った大小のかがやきの水滴が

まるで曲芸師がいただいた
天からの賜物のようにそっと乗る

あれはこの昏い球体の宿運を占う
いんりょく（ヘール・クラフト）のすがただ
大虚（おおぞら）にはみゃお、みゃおと
泪を落とすよう
水照（みでり）の上をみやこ鳥の群れが旋回する
花園稲荷神社の深い杜のあたりから
朱塗られた六角の弁財天の堂に向けて
ひとすじ風が吹く

それはそれはすがすがしい薄縹の円（まどか）の残る
沼の景でありながら

すでに異形の星となった仲間の
鳥柱を嘆き悼んでいる
その声を舌の奥に感じるのはなぜだろう

哲学者のように
斜めに池を凝視し
ときに瞑る白髪の老人
乞食のように蹌踉として歩く人
濡れた目でだれかれとなく
道行く人に向かって叫(おら)ぶ狂れ女
朱や真紅や白の横並ぶ皐月躑躅展の
すだれの裏側では
行き場を失った女男が口を重ねている

醜のビジョンか
みよ、聖なる昏い朝の景
「そのうちに襲のような星が隕ちてくるぞ」
そんな警句を告げに来る
上野、不忍池の今だ

ひぐらしと録音盤

——北一輝の墓前にて

たしかにそれは炎暑だった
隣の女が
旅の記憶は
人恋うに似ていると呟き
きっとあの佐渡の古刹に咲いていていた
赤いさるすべりを
想い出していているにちがいない

その揺らぎかさなるような
脳裏のさきには
追い付けばすこし遠のき
見ぬように離れぬように
例の二羽の青鷺もいたのだろう
そう感情を盗むよう
心理の襞をうかがい想像すると
なにもかもがなつかしい

ひとつ小暗い翳をうつして
火灯し頃までには是非にと
おのずから足は北家の墓に向かうのだった
すると奥の雑木の
しもとをめがけ

夕陽が魄（ひかり）となって青山墓地の墓石を
照柿色に照らす
さらに浴びかさねるよう
ひとこえひぐらしは鳴くのだった

「かな、かな、かな、かな、かな」
それからややあって眩暈が
昭和十一年二月二十六日の
のこされた雑音の
雨の入った録音盤の
昭和維新と叫び蹶起した
皇道派との間でかわされた
「カネ、カネ、カネ、カネ」という電話の
きさらぎのあの

雪の降った日の
輝次郎北一輝のしわがれた
声と重なって

ひどい炎暑なのに

純青(ひたさお)の音の譜

青い眉ひらく
皐月の暦なかば
颱風二号が通りすぎていった朝がた
目の前の琅玕の道を渉るよう
あまり風が
吹いていった

ここ相模の原

卓上一枝の草思舎の庭前
そのわずかな逝く時の
残んの月の静寂から
甲高い鳥の鳴音を
遠くかすかに耳にした

鵙（もず）だろうか
なぜかいっしゅん間があって
鮎川信夫の詩集『厭世』のなかの数行がふいっと浮かんで
つづいて新聞配達の筒音が走り去り
またしまらくの静寂がきた

家常茶飯の
それはなんでもない朝原だから

さらに追いうちをかけるよう
はるかなかなたから
幻聴か、はたまた耳鳴りか
尖石の列柱が
割れるごと
尾長の強力が、鳴き頻る

魂消るような
ふたたびしばしの間があって
しじまのしめくくりには、いつものうぐいすが
すみかの杜からの
ごあいさつ

とりとめのない起伏(おきふし)のこの遊星を

宙のかなたから
つづめて見下ろしてみれば
かそけき風情のまたたき
純青(ひたさお)の音の譜

哭くな「虹龍」

随分とおかしな話ではある
なにしろ天皇家の数多の財宝
宝物にまじって
異形のきみだけが
特別に陳列されている

蛟(みずち)と呼ぶ
古くは、み、つ、ち

つまりは、水の霊の意だ
蛇に似て、
角と四足を具えた
蛟龍という名の動物がいて
青邈きはなだの水中に潜み
ときをえて呪文の立ち騰るよう
墨染の雲居に向かって駆けてゆく

そんな言い伝えの生きものが
校倉の宝庫に
闇を押し圧すように入り
月の沼面があからひくころ
ひっそり息を引きとった
じつは貂のミイラなのだが

「虹龍」と呼ばれていた龍の日干し
稲光りするように歯と歯を強く嚙み合わせ
頸から胸部、腸（はらわた）にかけてひとすじ弧を描き
さらに肋骨を弓張に
いまでも宙闇を把まえんばかりに
恨みに睨んでみせている

こうして鋭く空に鉤爪を突いた後肢までの
気韻あふれる姿をしばし眺めていると
たしかに龍と思えなくもない
このすめらぎの気配の軋む庫を開くとき
きまって額にしぐれの雨が降るのだという

今日も奈良は正倉院の

展覧会の四囲(めぐり)には
湊鼠の天空から
泪のような雨粒が落ちているのだが
いまもこの褐色界の雄姿を讃え
この世は永遠の水甕の空
哭くな「虹龍」
と祈る声が
ようやくに聞こえてくる

冬

――上州の風

鬼北っていう風がある
そういえば、もう
君ならばどんな
形姿(かたち)のそれかわかるだろう
うしとら、つまり鬼門の方から吹く
いささか荒んだ、
魂風ともいわれる
つめたい二月の風のことだ

ぼくの生まれた故郷
上州上毛野（かみつけぬ）ではね
赤城颪だの、榛名颪だの、浅間颪だのといわれる
山からふきおろす風があって
その砂まじりの風はぼくら少年の頬に直にあたって
それはとても痛いのだ
まるで飛礫のようなのだ
だからかな、遣う言葉もあらあらしくてね
ちぎれとぶような音が、鞭のような音が
玉風のように右に左にとびかうのだ
（ば、ば、ば、ばっきゃろめえ、いっ、痛てえっつんだ）
まるで飛礫や
魂風や

鬼北のように
東風となって

喚呼

死んだ弟は
みずからの耳朶の奥深くに
琅玕の器を
埋め込まれたと信じて疑わなかった
見知らぬ他者が車に乗って
貉(むじな)の眼で追跡しているとも言っていた
クロスワード・パズルのように
数字を並べ

解読の糸口をさがし、自答し
それでも不可思議な身の回りの
こんがらがった網のような
妄想に必死に耐えていた
せめてこの針のむしろの
日常の苦痛から
逃れたいと哀訴してもいたのだった
母とわたしとで、連れだって
瘋癲病院を訪れた日のこと
すこしの間の睡眠のため
太い麻酔注射を打たれるすこし前
白衣の無表情で無言の看守数人に追いつめられたはてのことだ
自らの発した嘆願の喚呼
「か、あ、さ、ー、ん」

地獄と極楽のはざまから
天に突き刺すような叫び声
あの大きな声はどこから出てきたのだろう
母だけを信じた渾身の
素裸の声
「か、あ、さ、ー、ん」

みちの奥の、ひとばめん

あの日から、もうだいぶ日にちが経つ
夢に立ったあの日はいつか
冬のはじめころ、なぜか不思議な固有の時だ
青空の下、夷（えびす）の入り口に、ただ単純の動詞で言えば、居た
記憶でははじめて訪れた土地ではない
いつ来たことがあったか？　思い出せば隆明吉本の姿が浮かぶ
しかし半世紀近く古いことなので、おぼろでよく憶えていないのだ
たしかにみちの奥のみやこだ、ここは

今朝の空気は冷たい
周遊のバスに乗って市内をめぐる
一番町から青葉通りを左折して
大学正門前を右折して、つづら坂を下っていった
もう旅の夢の真中のようだ
女が一人隣りにすわっているらしい
「霊屋下」という名の停留所で下車して
広瀬川にかかる橋を渡る、花壇という曲輪の砂岸が見え
すこし上流に天文台もあるらしい
川原にはすすきが、銀狐の毛のよう白金に呆けて
水面の表情はいつかのセルリアンブルーよりはるかに老けて渋く光っている
堤の細い褐色の道を歩いてゆくと左脇に運動場があって
ひときわ高い真黄の葉をつけた銀杏の木が高天（たかま）に聳え立っている
その下の階段を旋回するように上ってゆく

瑞鳳寺の小暗い杜を横目に
蔦やかえでやななかまどの赤黄の色彩を前に
鶴首の川のまがりを確かめるよう見下ろし上ってゆく
ちょうど、登りきった肩のあたりが、むかし
魯迅が下宿していたあたりだという
るうしゅんさーん、と呼んでみる
い、い、い
夢の出口にさしかかった不思議な自分を発見する
みちの奥の、ひとばめん

和布刈(めかり)神事を遡行する

作用語でいえば、殖ゆといい
張るという語が、あたるらしい
暦は
ふゆから
はるにかけての
その境の日
張りに張った
月が割れる

二〇〇八年睦月朔日
まさおの幾すじかを純青（ひたさお）の水底に変えながら
大渦を巻いて走る紺碧の馬関海峡
火の山と戸の上山の
その鞍部（たわ）のあいだ
一汲の井とか平家女官塚とかが片岸に並ぶ
早鞆の浦
麦の星の出る真夜中
烏帽子に狩衣をまとった
三人の白足袋姿の神職の男が
潮のひいた岸辺に下りて
和布（わかめ）を採る
いまでいうと産科室の光景に似ているし
海中の管の工事現場にも似ている

いずれにしても海や大地の人称代名詞
ｓｈｅといわれる
あの割れ目あたりに
闇中のしろがねの光りは注いでいるのだった
みそかごとめいた神ごとは
どことなく潮の香のするエロースが
ここからは大和絵をながめ
水墨に描かれた道を
ある意志をもって
遡るしか方途がない
さらにそれよりはるか以前
古事記のさきへ
モルガンの古代社会まで遡行しなければならないのだ
するとその和布(わかめ)は

朝の神棚に
天の貴(あて)なる人に捧げるのでなく
列並(つらな)む家々の
うちそとの日々の生活(たつき)
性の行為にも似たただの所作
さよう、それが和布刈採り
あの場所こそが、わがふる里
けぶり立つ邑(むら)
いちどは、そこに帰るべき

陋巷に死す

――悼・奥村真

七曜の一日、当世では風のたよりにというが
秋愁索莫たる刻に
ひともと心宮にねじりこむよう
氷室の槍が耳に入った
ねじの主は言う「オクムラシンガシンダ」
すべてが仄聞だが、とことわったあと
一か月前、福生の呑み屋でやくざに殴り殺された、と
奥村といえば四半世紀以上も前

詩集を出版したいけれど金がないから、銀行強盗をするという
半ば本気な冗談を聞いた友人たちは金を集め
『忌臭祓い』という詩集を出してやった

　みんな廃めちまえ
　と欠けた月　（「栗名月」）

担当編集者のわたしは、そんな本文の詩行の引用のあと
集の栞文から一〇〇字を抜いて、腰帯にした

「奥村真は都会の路地の片隅にある八百屋の二階に住んでおり、職業は？　と聞けば『渡りのバーテン』と答える。ロシア語を愛し、つねに酒瓶を手元から離さない。酔っぱらっては陋巷に窮死することが夢であるという。」（佐々木幹郎）

仄聞のねじを巻きもどせば、まさに「陋巷(ろうこう)に死す」だ
思えば三十年の後、みごとに夢を遂げたことになる
馬鹿なやつといえば馬鹿なやつ、たしかに
しかし、あの優しい心根の詩人を知るものは、みな悲しみの
ナロードのつぶやきで云うだろう
「いやあ、あっぱれといえばあっぱれ」
今どきこんな大馬鹿な詩人はいないからだ
極左の、昔のおれたち風にいえば、「フラク」をかけて
英雄詩人の悼む会をと思うのだが
武蔵野に住むイワノビッチ・ムイシュキンは
　肝(むらぎも)を病み廃人同然で
山谷の神学者ユージンは極貧(ゲルピン)の極みだとか
ビュラン片手のワサキーノフはとうの昔に

腸をかっさばいて海辺の荒野で憤死したし
きみが尻追いかけたカコーシャは緑星暦を唱える女やもめ
ラゴージン風の、青眉を描いたゴールデン街のワタリスキーは
もう七回忌もすぎた冥宮の人
一人としてまともに集まるふしのないおよそ流亡と自存
すべからく敗残の過客の輩たちだ
しかたなく、チャイカで、きみに献ずるため
きみの師匠格の内村剛介に教わったウオッカを一本と
残された奥方の節さんに中津川の栗名月ならぬ栗饅頭をと
和菓子屋の店前に並べば
空窈(ふか)い小春日和のうしろぜあたりから
幻花のかなしみが般若のひかりに束ねられ
まぼろしの山なみから青さやぐ蘆むらうえを
ふいっと一陣の風が立ち

心宮の箱がかたかたっと音たてるのが
幻聴のように聞こえてくるのだった

転生水馬

老いびとがみな
春を待ちのぞむよう
卒寿の行く方を
ゆらりあゆもうとしている母の
去年夏、上梓した句集『冬麗』に
「娘純子よ」と詞書を付した句が一句ある

患（わづらひ）を還し転生　水馬（みづすまし）

「娘純子」とは
つまりぼくの妹のこと
彼女は生来の知的障害者
それに躁鬱の疾患をあわせ持っているのだ
その句は
つぎに円方(まとかた)の海に発つ世があるとしたならば
傷んだ海馬をもった
陶片の体でなく
脚をじゅうぶんに伸ばして
水面を滑るよう渡る
水馬(みずすまし)のような
壮んな肢を持った
世の人となって

生まれておいでなさい
うつせみの息をととのえ
ふたたびの生があるならば
そのように生き直してごらんなさいという
うらがなしい願いの句のように思われた

五十数年の長きにわたる
目翳（まかげ）した鉄紺の辛さ
ぼろ雑巾のようなくやしさ
さびさびとした悲しさ
それらすべてを老背に
生きてきた娘をひとり慈しんできた
女丈夫のつつむような愛の句に思われたのだ

これはなかなかに手強い
いってみれば境地だ
如何したらそこにと
平成二十二年正月十日
白き光で額を焼くように
ここまで詩行を運んできたら
突然、星が流れ隕ちるよう母が倒れた
ピポー、ピポー、ピポー、と
いまたのんだ警音が鳴っている
前橋の日赤の血液内科へ
つまり息（いき）の路（ち）にかかわることなので
詩を書く筆をしばし擱く

母の死

i　菩提樹の実をそっと差し入れ置くと

彼岸で安らかに
きっと穏やかに過ごせるようにと
うす碧色の
楮の和紙に包まれた
インドのブッダガヤの菩提樹の実を
右の衽（おくみ）を

左の衽の上に重ねた
白の装束の、その間に
そっと差し入れ置くと
静かな白い障子の内での
斎川浴の儀は
終わった

六月七日、午後十八時四十七分
ぼくのだいじな隻眼の人は
一本の蠟をとぼしながら
暗い泉を聴きに
ひとり寂寞(じゃくまく)の
夜の枢(とぼそ)に入っていった

ii　かりね

蝦（えび）の骨からはじまる
「山の上」の天麩羅を
まずは召し上がって下さいね
若鮎も二尾
美味しいですよ
簗の時季です
あっ、鮎っていえば
新橋の「鮎正」という店にも
まだ連れて行ってないね

「鮎汲み」っていう語の

季語は春なんですよ
知ってる?
そんな俳句の話も
西洋館の目黒の邸の間取りも
浩祖父の書斎のことも
詳しく聞きたかったです
仙台の新婚の頃や
あなたの自慢の
荻野吟子の友人で鷗外の教え子だったという
曾祖父良之助さんのことも
詳しくは聞いてませんでしたね
そうそう、最近のことなんだけど
ステファンヌ・マラルメ全集を買った
高価でした、十万もしたんですよ

ねぇ聞いているの？
さっきからすこしも返事がないね
寝ちゃっているの
母さん

合歓の花を見てみたい

白魚のしろい噂を
西施が肌(はだえ)に紅差すように聞いたので
沈んだ錆のある声で
虚国(むなぐに)の空に問うてみた
「今年もう、合歓の花を見ましたか?」
合歓の花を見てみたい
単なる老いさびの繰り言だとか
ペシミストの際限のない個人的な欲望だとか

言われそうだが
蒼穹のこちら側を此岸と思い
いちめんに燃えた向う側を彼岸と
そう思い定める
鬱憂の頃
その境に住む、ここらあたりが
すなわち死者の国
むらさめの林間に入れば
ここは涅槃かとも思われる
いずれの方も
黄泉の国への羨道(えんどう)なのだ

合歓の花を見に
小田急線に乗り

渋沢駅を過ぎるあたり
泉谷生コンの工場わきを
勢いよく
四十八瀬川の清流が飛沫をあげる
あそこにも
ここにも、と
紅の毛を立たせた合歓の花が
ぽっ、ぽっ、と
黒白風の空に浮き
波音に抗うよう、傍らで
あっ、あっ、と
声が喚がる

白桃が兆す

白南風の明るさに刻が移る頃
くらい峪間に老鶯が啼き渡る
白魚のしろい噂の
ひとりの女を求め追うように
合歓の花を見る
短日月
わずかの月日

『航るすがたの研究』（抄）2011〜2013

林中鳥語

——蔦沼にて

みちのくの赤倉岳の麓
みずしぶきのあがる奥入瀬川から脇の沢へ
大笠菅の群れに分け入ってさらに奥山深く
朝いちばんの池沼を見ようと
山毛欅(ぶな)の林に

地味な地鳴き
あれは黒鶫(くろじ)だろうか、それとも青鶫か

疾く声は鶫（つぐみ）か
二、三羽こぼれ飛んだのだろう
囀りを鏤（ちりば）め、枝々を渡る
嘴のあわれが見えるようだ

秋も更け
あたりは蕭条として
ふかぶかとした木立は冷気をふふみ
紅や黄の落葉はまるで氈（かも）のように
足もとに幾重にも敷きつめられている
春になればそこここに
さわらびも水芭蕉もあらわれる
むかしアイヌ語で
わらびを「つた」と言ったそうだ

その蔦の名を持つ宿から北へ林道を歩いて行けば
黄櫨色（はじいろ）の枯れ蒲の向こうに
沼面が明るく光って見えてくる
ここが蔦沼だ
わらびの沼だ
山毛欅の自然林の並び立つ向こう岸に
シンメトリー、横一列
逆さに丹色の木々が映る
たしかに壮観の眺望
言葉の一つもない
獣くさい息をのむ古代鏡のような照りを前に
しまらく見蕩れていると

あの三月十一日の午後

いまだ雪の根深い
南八甲田に眠るようなこの沼地は
つまり、人っ子一人居ない静かのど真中にあって
いかな騒ぎと相成ったのか
垂水の上でどんな劇があったか
林中鳥語
その光景を
またそののちの静寂のひとまくを
ひとつらの水面の表情を盗むように
ひそかに思ってみたのだった

必敗者のいさおし

俘囚の裔のひとりだからか
清水寺の真北　草木の青々と茂る
濡れた闇なか
かつて仏法僧が鳴いていたという
ここ将軍塚の高丘に立って
光と影が交錯する女のふくらはぎのような
京の都の景色を眺めおろすと
まるで下界は

瓦礫の街かと思われた

大魔界の王が作ったにちがいない
射干玉の暗い波が
陸をめがけ、口をあけながら襲い来
人界を押し圧し膚をめくりかえしたあとの
たしかにそれは錯覚なのだ
美しい哀麗のすがた
心の奥深の印象は嘆愁となり
さらに蜘蛛の巣のからまった心宮に感想はいりくみ
田村麻呂の関の声以来ずっと東北は負けいくさなのだ、というつまらぬ蜚語が
市の遠音になって縞蚊のように飛びかっている

いまひそかな独り言をいえばぼくは

必敗という言葉にいささかの親和力を抱いている
だいぶ捻くれ者だから
（江戸、幕末の頃から
　権力に対するわが家の代々の、一貫してかわらぬ立ち位置なのだ）
歴史はイロニーではないか
一木一草が悉く倒れ
あわれ、あわれ
いつだって正義は負け、勝ったことなぞはいまだしなのだ
踏みしだかれ
自ら枯れ朽ち
亡んでいくのにすこしのちがいもない
俘囚の裔のひとりだから、ひそかな独り言をいう
じぶんをいささかひかえめにし、直ぐなるすがたで造化に順うこと
そうすればきっと、ものの本然の性は窮理の呼子となって

蟹が泡吹くようなつぶやきに答えるよう
かがやかな閃光を見せてくれるだろう
必敗者のいさおしとして
矜恃と自負との

何処へ

あの波座（なぐら）は何処へ
引力の、ズワールテクラハトというルビが
袖の釦のように　浜辺に落ちて
しろがねのひかりになるまで
渚のくるぶしあたりで
いくたびもいくたびも洗われていたのだった
ひかりになって何処へ
青暗（くれ）の闇に浮く眉の月へ

否、否、迦陵頻伽の飛ぶという
あの山巓の彼方へ

あとなきかたに

1

みちのくの新北上川
青水泡(あおみなわ)の追波川河口から
西へ五十キロメートル
剝き出しの泥濘
傍観の来訪者の頰を打つように雨脚が直射(たださ)し、し吹(ぶ)く

石巻大川小学校前に
色とりどりの献花の花束が置かれ
被災学童鎮魂供養塔が素鼠いろの篠突く雨中に
武蔵坊弁慶のように立っていた

2

さらに青海(あおみ)の岸縁を南へ
海抜五十六メートルの、日和山から石巻市内を眺める
かなたに堆く積み重ねられた自動車と瓦礫の山
新しい御影石の墓石に陽が当たる

苦蓬(にがよもぎ)を噛む半鐘の音

二時四十六分といぅ刻のめぐり
眼下には階くだけた寺の大庫裡だけがぽつんと
あのさきには貞山運河や深沼の黄丹に錆びた橋梁も
延々とつづいてあるのだろう

3

さらに南
荒浜へ
小学校の校庭に、コンクリートの二宮尊徳像が
頤（おとがい）を宙に向け
腰のあたりから鉄骨が
数本むき出しになって、倒れている

ひしゃげたオートバイが
山のように積まれてあるほか何もない平らかな大地の上
青空の天高くに雲雀が揚がり
死者に言葉を差し置くよう涕いている

海が割れ
黒光りするコールタールに似た巨大な海波が
なにもかもを連れ去った、ここ荒浜の波打ち際
しらなみのあとなきかたに立つと
まるで眼の玉を逆剥(さかむ)かれた、一人の啞者で
いるしかないのだった

神の精液

あらゆる宇宙に
遍在する
放射能の虫たち
めぐりの海山のボディーを
自在に透過する
怪しい光たち
それらが胡桃のような
にっぽんのひとりひとりの脳(なずき)に

蠕動し
じんかんの廂のあいだから
無音の悲鳴をのぞかせ
獣めいた闇に
さめざめと啼いている
ああ、せしうむ
ああ、神の精液が
流れだしている
近代の文明の割れ目から

文鳥がチュルルっと

小名浜の港に
「心まで汚染されてたまるか」
と書かれた看板が立っているという
「そうだとも、私たちは真白な帆」と続けて一首にした
福島・いわきの高木佳子さんが送ってくれた
歌集『青雨記』のあとがきを読んで想い出した
むかしじぶんも文鳥を飼っていたことを

漱石論が『夢十夜』にさしかかっていた頃のこと
口嘴の赤い鳥を籠に入れて
暗い六畳間でどてらを羽織って
最初の女房の家が持っていたアパートの一室だ
若かったな、あの頃は

そこに友人の正津勉と橋本真理がやってきて
書架の白鳳社版の
刊行されたばかりの『大手拓次全集』を見て感心していた
三人で馬鹿話をしていたその最中隣の部屋から
変な声が聞こえてきた
猫だか人だか、けものの忍び啼きだ
真昼間だというのに
真面目だった詩人たちは互いに見合わせることなく

天井をあおいだり、目を宙に泳がせたり
若かったな、あの頃は
たしか文鳥がチュルルっと鳴いて

硯の海

――悼・清水昶

「遠雷の轟く沖に貨物船」
きみにしては
いい句じゃないか
辻征夫も立松和平も讃めているよ
しかしこれが絶筆なのか？
梅雨の湊鼠の天空から
きみの純正の詩を愛し
きみの突然の死を嘆き悲しんでいる

日本中の
人の涙を
硯の海に
もう一度立派な
詩を書いてほしかったな

無題

今はコルカタ
タゴール記念館に向かうバスの中
ヒンディー語の新聞紙に
三角に包まれた
混沌としたインドの体軀をつつむ
朱、緑、黄、青緑、紅朱、紫、白黄、青灰の
色あざやかなサリーに似た
八種類の野菜のサラダを買った

10ルピー、日本円で二〇円
腹毀すかも知れないから、と
詩友、瀬崎祐の奥方の高橋ひろ子さんから貰った
複雑な味のする
乾燥納豆を口に放りなげ
さらに想い出したかのように慌てて
海を越えた
メールを送った
「土産なにか、欲しいものある?」

霜しずくするやまと、日本に
八日ぶりに帰ってきて
屋内(やぬち)に入ると
あのメールを送った宛名人の

妻の部屋はもぬけの空だった
ゴーヤの色をした薄紙が置かれてあって

永遠という言葉をかかえて
旅をつづけていたのだが
あの夏に見た
闇に光る
からすうりの花のように
何か鬼の面のようなものが光って
のち、しまらく
蜜ふかい
沈黙が続いたのだった

飛べ

詩なんてね
声にことばを乗せて
そう、あとはそれを響かせればいいだけ
そうはいうけど、じつは
それがなかなか難しい
なにしろ悠久の業なのだから
おれの作ったものを見て飛躍が足りない、と言うんだ
平俗だというのかな

飛べ、という
もうこの年齢になるとね、飛んだらあの世だよ
五百塵点劫なんて称えて
ほんのすこしでも天に近づこうなどと思ったら
空気はうすくて危ない危ない
身の丈を考えてね
筋ちがえるよ
無理しちゃあだめだってば

枯野

枯野を塩に焼き　其が餘り　琴に作り
掻き弾くや　由良の門の　門中の海石に　振れ立つ
漬の木の　さやさや
（『古事記』）

安房一宮の橋上から
日の余光の差すかたを眺めると
流れは河口から
揉皮のごとき水面を
遡上しているかのようだ

ふいっと「枯野」という言葉が口を衝く
「枯」は「軽」か

軽快に海なかを渉る舟のことだ
刳舟の「からの」が年を経て
ついには破船となったとき
木端で塩を焼いたという

岬山（さきやま）のむこうには塩焼という地名もある
さらにひとは焼け残った材で琴をかたどり
鴇羽（ときは）の指で弾いたのだ
葬送でもないのに
するとどうだろう、その響きの音色は
岩礁に生い立つ
海松（みる）色の漬（なづ）の木が
さやさやと鳴り響く音に似ていたのだと

なかなかよきふるごとの
かすかな死の匂いさえする言い伝えではないか
そんな古代歌謡の一ふしを口遊(くちずさ)みながら
西方に目翳(まかげ)して
静かな川面を眺めていると
目の前にぴょいっと、魚が飛んだ
潮先の鯔(いな)だろうか、それとも眼奈太(めなだ)か
ぴょいっと、白映(しろはえ)の腹が光って
恩寵のような、一宮川の夕景だ

時こそ今だ、と言わんばかりにまたぴょいっと
塩辛い飛蚊を捕っているのだろうか
或いは雌魚に雄の姿を見せているのか
じつのところは知らないのだけれど

このかそけき入水の音が
この老い人にはやけにあわれにしみてくる

すると突然に、夢のとばりをあけて
川上のかなたから
かつて音調に消えたはずの刳舟があらわれ
甦った「枯野（からの）」が
凋落した心のうちをふるいたたせ
足速に勢（きお）い迫ってくるのだった

舞うているから
見えるのだ

汽水の舟

アイヌのコタンが一つ二つ
いっぽう古代朝鮮族の家並みが
さきたまの越辺（おっぺ）川と
高麗川のぶつかるところ
あのあたりもかつては汽水の域だったのだろう
淡水と海水がせめぎあって

日高見の海と呼んでいたのかな
飛ぶ鳥も太古の鳥だ
浮きつ沈みつ
葭や葦の小群れから
石斑魚（うぐい）がはねて
うら白の腹を見せている
目の前に、いまにも幻の
赭舟（そほ）や、
赤ら小舟や、
さ丹塗りの小舟がやってきて
もうそろもうそろ
河舟をつれ立ちて
沖つ国へゆこうと誘うようだ
誘われる男の

首には
刈安で染められた
ひともとの不安な紐が
ひとすじ風に揺れて
顔色もうかがえないほどなのだ
なにしろ、ついさきほど
山川ことごとに動(とよ)み
国土みな震(ふ)りたるのちのことだから

緑色研究

ぬばたまの　黒き御衣を　ま具に　取り装ひ
沖つ鳥に胸見る時　羽叩ぎも　これは相応はず

（『古事記』）

出雲からやまとへ
上ろうとするその途
昔の人は
片手を馬の鞍に懸け
片足を足踏に入れたすがたで
歌ったのだ
玄ずんだ沼ひじの
烏扇の実のような

黒い衣をまとってみたが
意に染まなかった

つぎに
鴗鳥(そにどり)の青き御衣(みけし)を、と
藍と刈安をまぜて染めた翠いろの
万葉のむかし
鴨の羽色とも言われた
衣を肩にかけたが
これまた気に入らなかった
さいごに
藍の葉を醗(かも)して
春きかためて染めた
藍蓼の衣を手にとった

沖の浮鳥が
項(うなじ)を傾げて
胸もとあたりを見入るように
翼鏡をすこし拡げ
羽搏くさましもして

この色がいちばん
これを着て出かけよう
皐月に似合う藍のいろ
野山も草もみどりいろ
みどりを帯びた藍青の
御衣とはこれ
この色だ

夕暮れに
ばさりと衣は脱ぎ捨てられて
大国主命と須勢理毘賣の
のこり香のよう
いましばらく歌は
相聞(あいぎこえ)のように
続くのだ

思い出すこと

立原道造の墓

昭和十四年彌生三月、立原道造は病床で、「五月の風をゼリーにして持ってきてください」と頼んだのだ。それから幾日も経たない日、病状は急変し、肉親にもみとられずひとり息をひきとったという。享年二十六歳の若さである。

翌月の二十九日は、中原中也の誕生日。第一回の中也賞の授与が行なわれるはずだったが、当の受賞者の立原道造は、既に死んでいないのだった。

立原道造と同時代を生きた、二歳年上の詩人に、槇村浩がいる。立原が死ぬ一年前、獄中から出て二年後、二十六歳で死んでいる。『間島パルチザン』という詩集と、『日本詩歌史』を残し、濡れ雑巾のように死んでいったプロレタリア詩人だ。

一九七〇年代、千駄木に住む詩人・批評家、吉本隆明の書斎で「あなたは、すこしロマンティッシュな思潮に、同調する傾向がありはしないか」と、やんわりと批判された。「いや、いささかデスペレートな左翼反対派です」と裁断をかわすよう答えたのだが。

じつは、こう答えようとも思ったのだ。「日本文学が不可避に突きつけられた、時代と内部意識の葛藤の歴史を前にして、現在に敢然と対峙し、拮抗できる詩の精神を持とうとしている一人です」と。

詩人は、編集者の私と小一時間ほど話を続けたあと、「ちょっと行ってみますか、立原の墓に」と言うと、柱にかかったジャンパーを片手に、大きな一眼レフのカメラを肩にかけて立ち上がったのだ。

団子坂を下り、螢坂を蟹のようにわたると多寶院、多寶院の甍は夕焼けていた。温恭院紫雲道範清信士。「この卒塔婆が欲しい」「ちょっと失敬して、書斎に持って帰りたい」と、真顔とも冗談顔ともつかぬ笑いで陽に顔をあげたのだった。

丸い輪の中に組み合わせた三つの亀甲に花菱の紋様と

「東」「平」の二文字の入った家紋の刻まれた、湿った立原家の墓前に僕を立たせて、詩人は持ってきたカメラのシャッターを押した。

暗くなりかけていた晩秋の谷中・多寶院。変な話だが、あの写真は、撮れていたのかどうか。

「なるしす」の夜

編集者になってすぐの頃のことだ。一九七〇年三月、池袋のコヤマ・コーヒー寮でその日はじめて会った宇佐見英治に誘われて、新宿のバー「なるしす」に行った。待ち合せの白髪の老人が白い手をあげた。薄暗い酒場で、初老の掌が両脇にかかえた若い女の胸乳の先端に触れるかにみえた。ウイスキー・グラスを持ち上げるたびに、目の前のその両の手先がちらっ、ちらっと動いた。

しばらくするともう一人、壮年のダンディな待ち合せ人が遅れてやってきた。ややあって、ダンディがギターを小脇に弾きはじめた。シャンソンである。そろそろ読もうか、と声を喚げると白髪の老人は革鞄から布装の冊子をとりだし、自作詩の朗読をはじめた。口から出たのはフランスの言葉だ。その人の詩はフランス語でできているらしい。誰だいったいこの人は?

この三人の会話の中身は、鳥語というのがあるらしいとか、なんだか高踏的で理解しがたい話の内容ばかりだった。朗読はシャンソンの歌曲に変わり、突然に、「つぎはきみの番だ」と指名された。大学をあがったばかりの若僧が何を歌ってよいか。まさか当時流行っていた「網走番外地」や「カスバの女」はこの場にふさわしくないだろう。考えた末、すっくと立ち、シューマン作曲ハインリッヒ・ハイネの歌を歌いますと。

いいかげんなドイツ語の「美しき五月」(Im wunder-shönen Monat Mai) という詩を歌った。居あわせた皆から拍手をもらって、胸なでおろした。多分、この人たちはフランス文学者だから、ドイツ語だったら赦されるだろうと思ったのだ。

のちに、目の前の白髪の老人が矢内原伊作で、脇のギタリストが辻潤と伊藤野枝のあいだに生まれた辻まことだと知った。

そうそう、このギタリストは途中席を立って、十分後、二本の真紅の薔薇を手に、白髪の老人に乳揉まれていた若い女に、一輪ずつ手渡したのだった。なんてキザな、と一瞬思ったけれど、それはそれで初めて見る、恰好の良い姿だった。

遺言

朝顔のうてなから
しぜんに水が溢れるように
死はやってくるから
その前にすこし贅沢な望みを遺しておきたい
とわからないことわりののち
死んだら掛けてほしい曲が
と言ったら
隣の女が

わかるところに置いておけ、と
たぶんＣＤをということだ
そんな日は忙しく
とても音なぞ探す時間はありません、というのだ
その女は女房ではない
女房は家を出て行ってから既に一年半になる
シューマン作曲「アダージョとアレグロ」変イ長調
作品70――バイオリンとチェロとピアノのための作品
それでもなかったら
メンデルスゾーン、ピアノ三重奏曲第一番ニ短調作品49でもいい
「嫌ですよ、そんな話、縁起でもない
　聞こえませんよ」
というのが普通の答えだと思うのだが、
そんな日は忙しくてとても見つけられない

わかるところに置いておいてくださらないと
困るというのだ

娘の結婚式に出る服の
貸衣装屋で
居なくなった女房に会った
久しぶりに
何の話のあとだったか
いざとなったらけしむらさきの布を
一枚掛けてほしい、と言ったら
何のこと？　と言う
死んだら滅紫の布を一枚掛けてほしいと答えたら
言い終わるか終わらないか
用意しておいてくださいよ、そんなのはあらかじめ

と間髪入れずに
返事が返ってきた

なかなかことはうまく運ばない
永遠のとば口に佇つためには
しかたないではないか
薄羽蜻蛉の影のうつる部屋ぬち
今晩からは枕元に
ふたつ用意して
眠ることにしよう
灰暗（かいあん）の森に抱かれて

隕石のすがたをして

何に心を遣ればよいのだろう
ひとり居に慣れ
荒れすさびた庭園の草木や
おとずれる野鳥だけが
わが隣人
それがいかに寂しきものか
白群（びゃくぐん）の暦の鞭で
ためされているかのようだ

仲間や愛するものと逸(はぐ)れた沢蟹のように
清水の滴れる幽寂の岩場から
天上を濡れた眼球で見上げて
「われもまた彼の世に逝きて
　父母に逢いたき」と
泡粒ひとつ潰すようつぶやいて
すでに約束ごとであったかのような
望みを告げてみた
すると咄嗟に
なつかしい声が
山彦の声かえすよう返ってくるのだ
まだ若いのに
鵜たちの抱くあの昏い森の
ゆくすえを悲嘆するなんて

ずいぶんと厭世的ね
溺れたあの巨大アンモナイトのような
タービンは父親の形見ではないかと思いこむなんて
まだ一〇〇年、歳早い
紙縒の先で
たしかに火薬は爆ぜる
そんな線香花火のつかの間を
象どって生きてはなりません
あとに残った皀色の闇や静寂を
美しいなどと思わないで
いまを、誠のこころで
生きていってください、と
そんな叱咤と願いが
隕石のすがたをして

つづけざまに飛んできたのだった

虚舟のたとえ

To purify
清める
人を象(かたど)った白い和紙で
みずからのからだを撫で
身の穢れを移したのち
その形代を
路傍の川に流す
子供の頃、悪戯半分で

たぶん昭和の東北大飢饉の頃、郷倉制を研究していた祖父の関係だろう
山形の寺だか神社から送られてくる紙で拭く
毎年、十二月のならわしだった
するとなぜかしら不思議に清々しい気分になったのを覚えている
大祓の行とは知らなかった
その頃は拭っても拭っても
拭いとれぬ宿業が人にあることも
目の前の、何でもない日常、その起き伏しに
聖なるものと俗なるものの境があること
ましてや、この世に
黄昏があり
限りがあると知らなかったのだ
ふいに、死はやってくる
ピューリファイ！

虚舟のたとえもある
心を空に
願うのは虚心であり
坦懐なのだ
そのあいだで
祈るような
無言歌を
唄えばよいのだ

航（わた）るすがたの研究

すこし鹹（しお）からい話だけど
ある日ふとひとは消えるものだ
その日のために
暮鳥ではないが
たったいちどの道である*
海（わた）ゆく船に喩えていえば竜骨（キール）だ
かんじんなのは首から尾までを貫く竜骨のその膂力

ひとびとは、
みなひとり、ひとりである
そしてこの道をゆく
きみもときどきは竜骨が
船底の中心にきちっと入っているかどうか
その背に手を入れてたしかめてみたまえ
すっくと筋を伸ばして航るすがた
舳先を直ぐに
風の向きと潮の流れに気を配って
たったいちどの道だから

＊山村暮鳥「風想草語」

庶幾の声

黒橡（つるばみ）の宵闇に
ほうほうと
二声ごとに息ついで
啼いているのは
あれは青葉木菟にちがいない
呼ばれているが
闇に吸われて答えがない
既に死んで

この世には居なくなっているのだろうか
声はしきりに、うらめしそうに、ほうほうと
またこの森に、ふっと帰ってきてはくれないかと
庶幾(こいねが)っているかのようだ
恃むから
いまいちど

天泣

山沿いに雨が降り
杉生が白くけぶり
そこに裂帛の
杜鵑
あの女が居たならば
即座に
ぼくの鼻梁あたりを見て
微笑んだろう

白川のとろっとした川面を思い出して

あさぼらけ
蜥蜴のように、卍に
抱きあった女男は、たがいの
右耳と左耳で
鋭き声を
火の断崖（きりぎし）で聞いたのだ
古代壁の土に嵌めこまれた像のよう
瀬音の床に
横臥して

何時のまにか
かめのぞきの虚空には

雲が消えて
白く光る細かな雨が降ってきた
まるで贈物を戴いた歓びに
天が泣いているようだ

儀式

――カーリー寺院と銀鏡（しろみ）神楽

1

男の生首を繋げた首飾り
腰にいくつもの人の腕を束ねた垂れを
手には血塗られた刀剣を
その名はカーリー女神
舌を出し
薄笑いをうかべ

血が欲しくてならないという顔

カッ!
頭は飛ぶのだ
血とともに前方に
あたりは血の海
首を落とされた犠牲(いけにえ)の山羊は
数秒踊りころげるよう肢体を動かし、果てる
少時(しまし)の静寂ののち
まさおの蛮刀をふりおろした男の野太い声
周囲の歓呼がつづき
ようやく儀式は終わる

コルカタのここカーリー寺院

くれないや藤黄や猩々緋に染まる道ばた
あたりは混沌として、うず巻いて、あふれ
人はひたすら寺院に向かって流れているのだろう
細い露地で二頭の小山羊に出会った
木につながれて順番を待っているのか
見れば小きざみに震えているではないか
死を直前に怖れ戦(おのの)いているようにも
いや、すでに観念しているようにも思える
じつのところ外(と)つ国(くに)びとには
いや、穢(けが)れたわれわれ人間には
およそ見当がつかないのだ
山羊の心の内側なぞは

2

日向（ひゅうが）の国、西都原（さいとばる）古墳ちかく
十二月半ばの寒い寒い月夜の晩
血のついた猪（いのしし）の頭部を神棚に供えて
銀鏡（しろみ）神楽ははじまる
面やら衣装やらを大きな風呂敷包みにかかえて
四方の部落から急ぎ連れ立ち
無言で上の神社に登る
すでに祭りは始まっている

内神屋（うちごうや）に注連縄を張りめぐらせ
椎の枝葉と幣を交互に付け
外神屋の斎場で舞う

銀鏡神楽の一番から三十三番まで
参拝者やわれら見物衆は
酒を飲み賽銭を投げ
身を左右に揺らし、声を喚げる
最後は朝がたの狩法神事「ししとぎり」
猪の通った道、その杣道のあとをたずねる狩の祀り

祭りの跳ねた翌昼
皮毛の付いた猪肉の雑炊をいただく
山と見たてた注連縄飾りに使った椎の葉や
柴の敷かれた舞台が日の光に当たり
狂言の祖型のような演技がいつまでも脳裏によぎる
笛や太鼓や鈴の音にまじって
神主や宮司たちの調子合わせの白扇の

律動（リズム）とともにいつまでも
耳に残る
心に残る

『碓氷　うすい』（抄）2013～2016

鼎の石

——吉本隆明

あれは今から三十年ほど前
久高島の
古記に檳榔の字をもって
誤記された暖地植物クバの繁る森
クボー御嶽(うたき)の近くで
ほとんど人に知られない御嶽を
ひとり偶然に見つけた

ひとの頭大の漆黒の石が三つ
自然のおもむきで
かまど石のように据え置かれ
神が最初に降臨したといわれる
カベールと呼ばれる海浜から運ばれたのだろう
白砂がその央に敷かれ
確かにそこは聖なる域だと
直観できた

そのひと吉本隆明が亡くなった年
本駒込の家に行き
遺影の前で手を合わせた
そこには小さな石が三つ置かれていて
父祖の郷里、天草から石を持ってきたのだと

やわらかな説明があった
本人の遺志だったかどうか
たずねることはしなかったが
いつかの琉球列島で見た
あの鼎（かなえ）の石と同じだと
直覚したのだ

いいな、こういうすがたは
趣味というか、好みというか
すこし大げさに言ってよければ
松陰先生ではないけれど
その眼の低い位置と
志の高さを同じくするようで……

なぜか嬉しく
ふと口元をゆるめたのだった

待っているから

墳丘の円(まど)かな脹らみのある
枯萱群の上つ方から
寒気を帯びた風がくだり
仙石原に雪が降ってきた
「飛ぶ雪の……」と短歌の上五が
咄嗟に口を衝(つ)いて
暗い玻璃の空に
白い布が大きくたなびいた

まるでそれは
細蟹（ささがに）の棚機（たなばた）つ女（め）が
手まねいているかのようだ

いつかの夏に
『島狂い』という詩集を出して
播磨の千種川の橋を渡って
ボラとりに行ったきり
戻ってこなかった女（ひと）
あれはわたしの幻の姉
また、いつかの冬に
理訓許段（りくこた）の潮の香のする
イナウに見たてた
みちのく大船渡の尾崎神社の椿を片手に

山姥さがしに出かけたまま
行方しれずの女
螢石のように戯れたりせず
鳥総立(とぶさだて)に似た
旗さしものを差しておくから
是非に
それを辿って帰ってきてほしい
氷頭なますや、からすみや、子持昆布を三方に
御酒も供えて待っているから

フィレンツェへ

海原に
陰影を落とし
平目になって渡ってみる
もちろん片肺さ
つまり行き当たりばったりってこと
イタリアはフィレンツェへ

亜細亜・やぽーにかのこころすがたで

トスカーナのドゥオーモに
サンタ・マリア・デル・フィオーレ大聖堂
ルネッサンスの町を歩く
どうも　どうも　って

フィレンツェへ
いかにも手元不如意の出立ちの
二人が
ふらっと　ひとひら
本郷弓町の啄木みたいに

ボンジョールノ！
祭りの折
鬚籠(ひげこ)から

色和紙に捻り包まれた小銭が
こぼれ落ちてくるようにイタリア語が
こぼれてきた

ピエタ像に
秋の嗟嘆を思い
夜明け前
クウポラを望む
ヴェッキオ橋の橋のたもとの
安宿の窓に
息長（おきなが）のフローレンスの女唄を
耳にする
たしかにイタリアにしては珍しく
退嬰的な声が

あけぼのの薄明かりに立ちはするが
いずれしばらく時がたてば
天心は真っ青な
イタリアの空だ
そう、太陽は昼間かがやく星なのだ

またしてもイタリア語が
ボンジョールノ！って
こぼれてきた
ところで、忘れては駄目
「今日は糸瓜忌！」
ひとことぼそり
隣の女が呟いた

黙契

逢魔が時
聴こえたのは銃声ではない
ウラジオストック駅で
汽笛が一声
刺すように鳴ったのだ
オケアン号〇〇五
車輛番号〇四、席は〇〇四
ラーゲリに運ばれる

囚人番号ではない
平成のシベリア鉄道

夜の車窓
鈍(にび)色よりさらに濃い
黒橡(つるばみ)色の線が
紅葉しているだろう林に写る
時勢に棹さすよう
不気味な刻の棒杭が延々と続いて
木々の下びには
霜枯れ近い韮も蓬も薊や百合も
薺(なずな)もそれぞれの色を付けて
生きていたのだろう
露にしめった山毛欅(ぶな)や楓、楢や樺や山茱萸なども

傍に無言で立っていたのだろう
いまでも凍えるほど冷たい水が流れて
森中の井は
灰色のシベリアの亡霊の
あのうらみの空を
写しているに違いないのだ

黙す
森林の漆黒に向かって
首を肩に埋め
黙す
森林の漆黒に真向かって
卒然と契り
黙す

闇夜のシベリア鉄道に揺られながら
約束のように手を合わす
ただ手を合わす
朝になれば
ハバロフスクの
絵空事のように観覧車の回るのが見える
アムール河畔近くの宿に着く

あの遠い人たちが眠らずに
いや眠れずに
夜を徹してこの線路の上を
揺られていったことも忘れて

日本人墓地にて

秋霖（あきついり）のここシベリア
ハバロフスクに
抑留死没者慰霊碑と墨書された
塔が一本立つ
人っ子一人いないこの極東の地に
雨に濡れた黒犬が
また茶の犬が　ふらり歩いている
黒い錆びた鉄網に囲まれ

埴生の落ち葉の散り敷かれた日本人墓地
曇天の空のもと
冷たい降りものがこの風景に
何より似合っているのだ
赤蘇芳の菊花と
日本製の缶ビールを供え置いて
無言で祈る
傘とともに
うつむき
天空とともに
目つむる

囚人注意！　行進中は隊列を乱さざること！　列間をあけず、せばめず、五列縦隊を守り、私語せず、左右を見ず、

両手はうしろに組むこと！　左右一歩たりとも出たときは
逃亡とみなし、護送兵は直に発砲すべし！　嚮導、前へ進
め！　（ソルジェニーツィン『イワン・デニーソヴィチの一日』染谷茂訳）

いつだったか
池袋西口地下の
椅子に坐った
在りし日の石原吉郎が
『イワン・デニーソヴィチの一日』の原書を片手に
シベリアのバムの地図を
指さしながらわたしに
波立つものを鎮めるようなおももちで
かすかに笑みを浮かべながら
「ここにいたんだよ」と言った

突然の死の報の後
信濃町教会の長老の
吉本隆明が「鬼才井上良雄」といったその人に
その晩いそぎ電話で訃報を伝えたのを思い出す

東上線の上福岡の石原さんが住んでいた
団地のベランダには
蒲団が干されたまま
それが十一月の秋雨に打たれて
幾日も幾日も
放置されていたのだ

オシップ・マンデリシュタームの詩集『石』を

出版編集していたわたしは
石原吉郎もマンデリシュタームの死に
無関係ではないのだろうと
ずっと考えてきた

そんな過ぎたある日のことなぞ
ここシベリアの日本人墓地を訪れる途次
バスに揺られながら
ひとり
歴史と体験について
思い返していたのだった

マンデルの幹

流刑地ヴォロネージュ
シベリアのラーゲリで
政治的な死を遂げた
ペテルブルグに長く住んでいた
アクメイストの
その詩人の名は
オシップ・E・マンデリシュターム
存在の記憶を

雪を蹴散らすように抹消され
長い間、居なかったことにされていた
その名はドイツ語で「マンデルの幹」
という意味らしい
マンデルとはアーモンドの謂い
旧約聖書のアロンの杖以来の
民族の象徴だ
ぼくの机の上にはいま
セブンイレブンで買ってきた
八十g入りのアーモンドの
豆の袋があって
よく見るとそれは
シベリア鉄道で運ばれた
ラーゲリの囚人たちの顔に

もう目も鼻も口も耳も無く
縦に幾筋か線が引かれ
『時のざわめき』のカバー絵の
詩人の肖像画そっくりだ

魂を求め
マナ！　と
突然、割れるような
一閃の叫び声が
聴こえてきた

龍井地下牢

幾年か前
吉林省延吉からはじまって
中国の東北地方を
一週間ほど旅したことがある
かつては豆満江の中州を
間島（かんど）と呼んでいた
間島パルチザンの根拠地である

白頭（ペクト）の山塊から出で立ち
哈爾賓（ハルビン）の駅頭で伊藤博文を射殺した
あの安重根（アンジュンゴン）がひそんでいたところ
また北朝鮮の金日成が蹶起部隊を挙げたといわれるあたり

さらに図們江、防川（ボウセン）へ
中国、ロシア、北朝鮮の三国国境に立つと
霧にけぶる広大な旧満州の草原が北に拡がり
銃を肩に軍兵が睨んでいた

あの旅から帰って何年にもなるが
忘れられない景が一つだけある
心の奥底に
引っかかって取れない、棘のようなもの

龍井(ロンセイ)人民政府庁舎
つまり、旧間島領事館の地下にある
地下水牢だ

庁舎一階の廊下に、一箇所
厚い半透明のガラスがあって
そこから地下の水牢をのぞくことができる
それは囚われの者の頭や顔を
靴で踏みつける
そんな構図にもなっているのだ

戦争はこうしたものさえ作り出す
吐き気を催す
実に寒々とした代物だ

爾来、水牢のあの窓のことが脳裏から離れない
ふといま
空を見上げてみると
この夏行った福島相馬の川内村の
放射線量の高い葉を詰めた大きな青い袋に囲まれた
平伏沼に蕃殖る
モリアオガエルと
日本軍がとらえた囚人は
同じ身の上なのかもしれない

鏡のように澄んだ沼の木枝に上って
息が足りない、苦しいと
絶え絶えに喘いでいるのを
さらに土足で踏みつける

誰れ彼れ、言うのではない
耿々とした文明の
知らず知らずの
刻の中

月映

窓外は雨か
あるいは涙か
つくはえ、と
病者の光学のように
やまいだれの音を出す
ツ、ク、ハ、エ。
田中恭吉、恩地孝四郎、藤森静雄
三人のうちのなかの一人

恭吉にはもう命がわずかしかない
刻々と
かぎられた命数が
つきようとしている
イノチノカギリ
カンバスに
楮(こうぞ)の和紙の一枚一枚に
青い腕を振って
鼎のすがたで漆黒の夜の月を
持ち上げようとしている
足べを見れば
まるで跣のようだ
ずぶ濡れの徒歩の影でびっこを引いて
月映とは

まさに命の限りのことであった
のこるこころ、とか
しらがねのひかり、とか
めぐみのつゆ、とか
不吉で、冷たい語感をもった
言の葉を添えながら
刀を手に取って、そして刷る
寸暇を惜しんで
大量の版画作品を作る
「けふはメッサーの届く日なので
　こころまちにまつてゐる」、と
「雑誌の名はつくはえにしませう
　しづをもさう言つてゐたから」、と
微笑派の三人のうちの一人

「月映」のいちにん恭吉、そのように自署して
麴町元園町二の五　恩地孝四郎様と宛名された葉書が二通
市内池袋から投函された
一九一四年（大正三年）三月二十二、三日
まだ春浅き日のことである

声七変化

瞳は濡れていたのか
それとも光っていたか
はたして記憶はいずれが真実なのか
新月の夜に水盗りに出掛け
怒号を浴びた
そのことだけは
確かな記憶

いまでは思い出は
ほとんどエロースの
夢中の床と変化（へんげ）して
あしひきの裾野を持った赤城山の
勢多の泊（とまり）、八崎舟戸の川瀬に
甘酸っぱい色艶で
ひたすら河鹿が鳴いていた

桃栖屋という屋号をもったその家の
屋敷神と呼ばれていた
青大将には
ヨハンネス・クリマクスという
綽名を付けて
蛻（もぬ）けたうす衣が

舎蔵の沈黙を
量っているかのようだ

さらにもう一場面
緩やかな流れをした
碓氷川のひかり輝く方向（かたえ）に
目陰（まかげ）して
薄桃色の石斛の香に
おもわず彗星の声を喚げた

荒草の
強い匂いのする
側道（そばみち）、宮田自転車をひたすらに漕ぐ
もう、夕闇近く

稲妻に間をすこし置き
五位の声が聞こえてきた

こんなこともあった
医者をやってた下の家から
カンフルを一本もらい、打ち
さらには人工呼吸もした
音無しの屋敷
その祖母の死に
七十年ぶりに
間に合わず、すこし遅れていっせいに咲いた竹の花

神様みたいに、とは
言われなかったけれど

よき子だと
前置きの言葉なしに
ただ褒められた
梅の木に登って青梅を捥ぐ
その身の軽は掛(かか)り人(うど)

誕生

天使の気配かなと思って
表六、火男（ひょっとこ）、不意（ひょい）と見る
ひょいっと遅れて
横に見る
須臾に群れからはぐれた鳥を
空に見る
星合いの余白から
虹のような橋をわたり

ひとすじ夢を描いてみる
そんな手品のような仕草をすれば
かわいい赤ん坊が
これこれ、これの世に
草上の舟をこぎ
すうっと生まれてくるという
行間に襟を立て
しじまのなかから
とばりをあけて
おぎゃあとひとこえ
うぶ声が
廊下の向う側から
威勢よく聞こえてくるという
天使の息をつれて

余談

余談だが　今年二〇一四年　午（うま）年のはじめに　古書店にネットで注文して　古書を三点ほど購入した　『鷗外全集』全三十八巻　『木下杢太郎全集』全二十五巻　いずれも岩波書店版　それに第一書房の『木下杢太郎詩集』の合わせて六十四冊だ

　新宿歌舞伎町にある馴染みの居酒屋「三日月」で　元岩波書店の編集者で漱石研究家の

秋山豊さんとうちの女房と三人で酒を酌みかわしていた際の会話　鷗外のほうが〆て九千円で杢太郎全集が一万数千円で杢太郎詩集がたった一冊で二万七千円だった、と
　蘇芳色の背革コーネル装　表紙のほうは朱と緑青の滝縞の布装　天金函入り　A五判の六五六頁　一二〇〇部限定　昭和五年、木下杢太郎の思いのままに出した豪華本の全詩集だ　見返しには結城哀草果の直筆で「八幡平二首」が書かれてある
　その詩集には八葉の別丁挿画が　そのうちの一枚に「HANA WO HORU HITO」と欧文で彫られた版画　その絵のモチーフが那辺にあるかわからない　そう隣の秋

山さんに問いかけると　秋山さんは地球儀を回すようゆっくりと斜めに首を捻って　ややあって返事があった

鷗外の短編小説に「大発見」というのがあって　その中心テーマが「鼻糞をほじる人の話」だというのだ　今は亡き田村隆一ではないが「秋山君のヒント」なのである

鷗外は言う「果せるかな欧羅巴人は鼻糞をばほじらないのである」「一体鼻糞をほじるといふことは、我党の士の平気で遣る事ではあるが、余り好い風習ではないやうだ。併し欧羅巴人がしないから、我々もしてはならないと云はれると、例の負けじ魂がむくむくと頭を持ち上げ来」るというのだヨーロッパ人は鼻が痒くなっても、ハンカチでかんだり、こすったりで済ます「ほじらないまでも揉み潰すのである。揉み潰すなんぞは姑息の手段である。ほじるのラヂカルなるに如かない」と　西欧人と東洋人の風習のちがい　いや人種の差別がモチーフの底に潜んでいるのだ

杢太郎は、言えば鷗外の弟子だから　たぶん明治四十二年六月発行の「心の花」を読んだに違いない　同年五月一日の鷗外日記には「半夜大発見を草し畢る」「大発見を佐佐木信綱に送り遣る」とある

鷗外は三年のヨーロッパ滞在中に一度も西洋人の鼻糞をほじるのを目撃しなかったそう

だ　のちに文献を渉猟し　正史にはもちろんホメロスやダンテ　シェイクスピアにもラシーヌにもシラーにもイプセンにもメーテルリンクにもないと気落ちし絶望していたのだ　だが漸くにグスターフ・ヴィードの「手紙の往復」と題した短編にであったのである　ヨーロッパ人も「鼻糞をほじりますよ」

コロンブスが望遠鏡に青螺を認めたときキュリー夫婦が桶に鉱屑（かなくず）を製錬してラジウムを得た時と比較して鷗外はこれを大発見と言ったのだ　この大発見に杢太郎も喝采した

勢いビュランで版画を彫ったのだ　日本人だけれども、と言いさして　「なめるんじゃない」とつぎには言いたかったのだ　あくまで

余談だが

官能

——大手拓次

そろり、しろがねの
楮揉紙を貼った表紙の
帙入りの書物をひらくと
炎に燃えた見返しが
火打石の火の粉を連れて
飛び込んでくる

続けて、そろり

裾のぞきに貫差し入れるように
数枚の和紙を捲ると
一葉の線画が音無しにあらわれ
そこには
蛇の階段　1920・5・16　と
細いペン筆が記されていて
あや、不思議な絵だ

これは何をイメージしているのだろう
亜麻仁色をした
生臭い女のいまわの吐息か
それとも秘された有り処の器のすがたか
それを尋めくる、みちゆきか
いずれ色あるおもてを盗み

思いを写したものだろう
もやし豆のような形態が
大、中、小三つ描かれ
茎根の筋が見せているのは
画布の央の破目
そこに歓喜の蛇が居て
長く大きな舌を出している
得体のしれぬ

幻の素描なのだ
神楽坂に住んでいた
耳の聴こえない
この憂鬱の詩人は

もやもやしたあたまの中の幻を
ふいにペンであらわしてみたくなったのだ
ここからひと条
匂い立ってくるものがある
沈香や伽羅
あるいは安息香や斑鳩香
さにあらず
魂のふるえ
たった一つの孤独な詩人の
官能であり
内面なのだ

寒蛩

森の奥底に息づく
ふしぎな生きもの
何か物言いたげに
羊歯の葉蔭にひそむ妖精に似た
狐色をした容量のかるい口髭の揺らぎこそ
たしかにあの世からの
使者なのだ

寒蛩(かんきょう)に身を変えて
臼杵あたりをうろつくと
出会いをながい歳月庶幾していた
首の落ちた
古園石仏中尊の
大日如来像にまみえる
あの朱赤の唇あたりを
独り斜に眺めていたのだ

風が吹いてきたので
祈り呟く風情で
すだきの音調をやや緩やかにして

リュウロロロ、リュウロリロ

扉のきしむ音か
この世の苦難の歯ぎしりか
呂律をつづけると
不思議なことに
しだい次第にその音量は
反響に反響を重ね
まるで宙全体が鐘で覆われ
割れんばかりの轟音に変化するのだ

ほんとうはあの世への扉
ぬけがらの蛩声

小品二題

うわさ話

庭先のしどけない
破れ芭蕉を見ていると
昨晩のうわさ話を想いだした
ラクダコブニの筆名を持つあの詩人はいまも
かめ覗きの山嶺で
きのこや虹を売っているそうだ

あやかし

とつぜんに朝和ぎの海上に妖怪があらわれ
舟子（かこ）はひとこえ、声を喚げる
あやかし！
すばやく楫を翼鏡に代えて
さ、急（せ）くべし、と
われらが鳥船をかの宙空へ

あやなしどりの音を、疾く早く

腕をふり
サニーレタスの翠（みどり）を羽根に
ヘーゲル風に
ここがローズだ
さあ踊れ、と
白銀（しろがね）のボールの中に
血球のトマトを投げ入れ
老人性黄斑症だから

卵をさきがけては駄目です
チチが一番
尖石（とがりいし）のヴィーナス
とんがっている乳首
とつぜん麓から山羊や牛があらわれ
持っている精のかぎり
しぼれるだけしぼって、と
維新以来の
反封建制的な
旧制度（アンシャン・レジーム）の
家父長制がいぜんとつづく
ここはどこだか
あなたにも覚えがありますか
記憶の底に

おもえば塵のつもったはるかな昔
五色の旗さしものを
節目節目に立てていた
わが生家
いくさに敗れた翌年に
おぎゃあ、と
産声喚げて七〇年
北一輝ではないけれど
大改造ののち変貌した大屋敷
朝の卓袱台（ちゃぶだい）を拡げた折のこと
もゆらの寂けさを
つきやぶるごとくに
ひんがしの竹藪あたりから
あやなし鳥が

魂むかえ鳥といわれたあのほととぎすが
ひと声喚いた
時こそ今か
ニコライ・ネフスキーばりに
採譜してください
サイフ、サイフ、サイフ！
あやなし鳥の
音を
疾く早く

碓氷へ

碓氷(うすい)へ、などというと
なにかその行く先には
氷室のようなものがあるのではないか
そう勘違いする人も
居るかもしれない
そうではなく
単にわたしにとっては
懐かしい故郷の地名に過ぎないのだ

社や墓があるし
数百坪の土地や生家もまだある
唐破風(からはふ)の下の三和土に立てば
脇には鎧戸が
古色蒼然とした風情で
黙していて
寂まりかえっている
その母屋あたりは
百年の時が止まったままで
平俗のわが心根をあたかも
睥睨しているかのようだ
家全体から
大丈夫なのかと
声かけられているかのようで

返す言葉がない
これからですと無言で答えても
浅間から下りてくる東風で
答えの音は
かき消され
樫垣（かしぐね）の虎落笛（もがりぶえ）だけが聞こえてくる
そろり玄関わきのくぐり戸を入ると
お帰りなさい、と
女が出迎えてくれた
ところできみはいったい
何者なのだ

既往症

田舎の家に
チョウゴバという
濡れた音のする板の間がある
正しくは薬を調合する部屋の名
その部屋の桐の箪笥の一竿から
一枚の和紙が出てきた
「既往症」と書かれてある
十五の箇条書の筆文字だ

書いたのは私の曾祖父

患者は高祖父、木暮賢斎。天保六年十月十日生、職業は医師

その年、賢斎の父雅樹は江戸の尚歯会に入り、渡辺崋山、小関三英、高野長英らとまみえる

天保十一年、天然痘ニ罹ル

この年、蛮社の獄の弾圧激化。治療は父雅樹があたったようだ

安政四年、五月ヨリ八月マデ間歇熱ヲ患フ

この年、ボードレール『悪の華』を上梓。高野長英『三兵答古知機』を訳す

安政五年、八月十一日虎列刺（コロリ）ニ罹ル

コレラ全国に流行のため幕府八月二十三日、コレラの治療・予防法を頒布

万延元年、ハイモルトウ（上顎洞）炎症ニ罹リ化膿セリ

三月三日、桜田門外の変

文久三年、舌疽ヲ患フ

その年、リンカンが南部反乱諸州の奴隷解放を宣言

不知火光右衛門が横綱を免許

元治元年、熱性病ニ罹ル

鳥羽・伏見の戦い。この年この既往症の筆のあるじ、良之介が生まれる

慶応二年、胃腸加答児（カタル）ヲ患フ

薩長同盟提携を密約。父病床に臥す。里見村に洋法内科医術及種痘療術開業、慶応の世直し打ち毀し相次ぐ

明治五年、多量ノ胃血ヲ吐ス

この年、庄屋・名主・年寄などの称を廃し、戸長を置く、すなわち木暮家は戸長

明治八年、落馬ス腰髄右部ヲ打撲シ大兎筋ヲ損傷セリ

東京日日新聞退社の岸田吟香、楽善堂を開店、眼薬を売り出す

明治十八年、腰筋痩麻痺ニ罹ル

荻野吟子医術開業試験に合格、最初の女医となる。良之介も同じ時期、東亜医学校をへて、東京大学医学部を卒業後、医師となる。二人は知友

伝染病流行、赤痢患者四万七一八三人内死亡一万六二七人、腸チフス患者二万七九三四人

内死亡六四八三人、コレラ患者一万三七七二人内死亡九三一〇人
明治二十一年、左指ヲ銃傷スル二指
この年、幸徳秋水が中江兆民の家に学僕として住み込む
明治二十六年、六月十五日、卒然小腸加答児ヲ患フ
五月、北村透谷、「内部生命論」文学界に発表
明治二十七年、七月中旬ヨリ下腹ノ重キヲ感ス
この年透谷、五月十六日、芝公園の自宅で縊死を遂げる
八月一日、日清戦争、清国に宣戦布告

今回ノ発病明治二十七年八月五日便秘ヲ覚ユ六日七日健胃下剤ヲ撰ス
九日頃下腹部ヲ硬詰ヲ呈シ疼通ス掌圧スレバ痛甚猶下剤ヲ腸ス九日同所更々効ナシ爾後
日々浣腸スルモ二十日已更ニ便通ナシ二十日微少ノ黒色便ヲ見ルノミ尚日々浣腸スルコト
二週間ナルモ一行ノ快利ヲ得ス
八月二十四日ヨリ硬疼痛消散ス

以上病患のほか平素強壮なり

やれやれ、それにしても
ささなみの刻の瀬音を聞きながら
随分と重い病気の連続だなとつくづく思う
よく六十幾つまで
生き永らえたものだと思う
幕末・明治にわたる
こころに沁みる
じつに濃密な時代だとも
木枯らしよりもさびしい音が哭き喚ぶ
過激な歴史だとも

また思う

旋回

碓氷の里の
バス停留所から
家に向かって少し下り歩く
仰角三十度
ややあって
皓白にかがやく初浅間を
見上げると
その上面に一羽の鷹が不意にあらわれ

あたりをゆっくり旋回しはじめる
雲ひとつない新年の大空に
きびしく雨覆羽根の下の灰色の風切羽が
雄々しく真白斑が
孤塁を守るとは、と
この俗界を蹌踉と歩く
じぶんに聞かせ、おしえるように
無言で
幾たびか回って
ひとすじ東の方に消えていった
慷慨の性向を
ひとたち窘（たしな）めるように

解説

田村雅之『『デジャビュ』以後』とは

藤井貞和

変わらない畏友、田村雅之の、あたらしい詩集の集成である『『デジャビュ』以後』に、いま向き合うまえに、一九九二年の『デジャビュ』をひとたび、ひらいておこう。『デジャビュ』には私が、現代詩の書き手、田村に目を瞠った懐かしい『永訣』（一九七五年）をはじめとして、九〇年代初頭までの集合が見られる。「異郷の家畜の悲鳴にすがりついていたきみよ／世界は所有格を失った一切の純潔にふるえている」（「宗教のバリケード」部分）というような、詩の完成形態をそれはいきなりゆたかにたたえ、魅了していた。とともに、現代語を、そのころまだ出てなかった語で言えば、脱構築するというか、壊しながら創造する苦心を見せて、とても印象深く共感できたというおぼえがある。「忘音（わすれね）の盲法師がないている」（「木立のなかで」部分）というような一行を、今ならば許されないかもしれないが、当時反芻させられた。

『デジャビュ』はそれらの、まさに可視化された一つの纏まりなのに、それを越える『『デジャビュ』以後』がここに、大著となってあらわれるという事件なのだ。現代語を壊しながら創造する田村詩学が拡大する。『鬼の耳』（一九九八年）を巻頭に配する。「ぬるい吾妻川を、子持山を右に仰いで／御伽筐(おとぎばこ)のつとに入って遡ってみようか」（「魂送り」部分）。民俗社会の奥深く、旅の詩人の形相にかさなる何か。それは何なのだろう。「うれたみの重いこうべをたれながら／おと無しの人盗り川をひとり歩く」（「一明館」部分）。地名をしたたらせながら、たとえば出雲崎では「まぼろしの尼がふいっとあらわれ／村の童あいての手毬歌が聞こえてくる」（「出雲崎幻想」部分）。こうして風とともに、鬼がやってくる。「頬につぶての砂をうちつける／あの郷愁の鬼北か」（「鬼北の帰館」部分）。

だがしかし、「原体剣舞連」（賢治）にあるような、弦月の薄い光の下でなければ、異装の真のけはいはわからないと「陽と鬼」で言う。陽は罰当たりのように照りつける。多古(たこ)と呼ぶ声がして、浦(うらあ)と応える声がする「多古、ノ浦」は、田子の浦から「てこ」（女）を呼び出して、幻想の地名を螺旋的に降りてゆく。声が呼び応えるモチーフは「鬼の耳」へと続いて（素焼きの壺の名だと言う）、香を放つのは月桃の実。なぜ「鬼」なのだろう、ではなく、ここに回答が含ませられる。死んだ霊魂を祈り永遠に閉じ込めておくには、房のなかの香がふさわしい、と。

数十年にわたる詩業には追悼詩もふえてくる。歌人、山中智恵子を悼んで、詩人の旅は鈴鹿へ向かう。伊勢の国は白子の駅（うまや）から、ひとりみんなみに糸引くように、直歩（ひた）く。「ここからが詩の発生する不思議な場所なのだ／ふいにまぼろしの童女があらわれ出て／狂ったように脳（なずき）をふるわせている」（「鼓橋幻境」部分、『エーヴリカ』）。ちなみに田村には友人としての歌人たちにめぐまれ、出版人としての歌集の発行も頭抜けている、しかしそのことはかれの現代詩を考える上でだいじな参照項目としてある。豊富な言語体験がもたらす幻境であり、原郷でもある、という構図。

俳句形式では清水昶への追悼詩がある。「遠雷の轟く沖に貨物船」（清水）を置く。「きみにしては／いい句じゃないか／辻征夫も立松和平も讃めているよ／……」（「硯の海」部分、『航るすがたの研究』）。すこしわからないところもあるが（昶さんの絶筆だとすると、どうして一年前に亡くなった立松さんが讃めることができるのだろう）、それはともかくとして、人々の涙をあつめ、それを硯の海にしてもう一度、よい詩を書いてほしかったな、という率直な願いには切実に共感させられる。詩よ蘇れ。

それにしても浩瀚な詩業の成果を、こうしていまに慶賀できる幸いをかみしめなければならない。時代を乗り越えてきた難路は、巻末の年譜から窺うことが可能だとしても、豊富な詩語をつぎつぎに産みなしてきた田村詩法のたしかさに圧倒され、さらなる今後の手応えに対して期待も膨らむ。

蛻（もぬけ）の詩想

時里二郎

田村雅之の詩に多様されるいささか古風な響きのする詩語や、古典的な修辞を意識した言い回しを心地よく受け入れることができるのは、言葉が重ねてきた分厚い時間の層を掘り起こし、そこに魂（たま）の痕跡をさぐろうとする詩人の営為を読み取るからである。

「生絹（すずし）」「目翳（まかげ）」「蛟（みずち）」「陸（くが）」「縹（はなだ）」「動（とよ）む」「もゆら」「しまらく」……。詩集に散見するそうした古語由来の語彙のなかで、私がいちばん釘付けになった言葉は「蛻（もぬけ）」である。セミやヘビの抜け殻のことで、元は「裳脱け」だろうが、それをあえて「蛻」と異形の漢字を宛てていることにひかれる。

　翻って、そもそも言葉は「言霊（ことだま）」と言われる出自からして、古代においては、魂（たま）そのものだった。やがて、言葉と魂が遊離し、言葉は魂の容れ物となり、果てはその容器からすっかり剝がれていってしまった。言葉は魂の抜け殻＝蛻の殻となったのである。

重要なのは、田村が、そのような言葉の来歴にこだわること。すなわち、言葉が魂の抜け殻＝「蛻」であるという認識を発語の基底に据えていることである。おそらく、ひとつには、現代の言葉が、かつては魂の容れ物であったことさえ忘れられて、のっぺりとしたデジタルな記号になり果ててしまったという悲観が、詩人をして反時代的な身振りをさせるのだという言い方もできる。

しかし、わたしにはそれよりも、《蛻の詩想》とでも言うべき詩学をそこに読み取ることの方が重要であるように思われる。

例えば、同じような語彙に「脳」を「なずき」と読ませる例がいくつか見られるが、そこには、「のう」という読みにはない、豊かな言葉の時間が感じられるのはあきらかだろう。つまり、「なずき」という言葉には、魂が脱けていったその時間の残滓が、あるいは言霊の残影のような響きが感じられる。

田村は、魂の蛻（もぬけ）た痕の殻である言葉の骨を作品の中に響かせることによって、魂の面影や余光を呼び覚ますことを、詩の根拠に据えているように思われるのだ。

安房一宮の橋上から
日の余光の差すかたを眺めると
流れは河口から
揉皮（もみかわ）のごとき水面を
遡上しているかのようだ

ふいっと「枯野（からの）」という言葉が口を衝（つ）く
「枯」は「軽」か
軽快に海なかを渉る舟のことだ
刳舟の「からの」が年を経て
ついには破船となったとき
木端で塩を焼いたという

岬山（さきやま）のむこうには塩焼という地名もある
さらにひとは焼け残った材で琴をかたどり

鴇羽（ときは）の指で弾いたのだ
葬送でもないのに
するとどうだろう、その響きの音色は
岩礁に生い立つ
海松（みる）色の漬（なづ）の木が
さやさやと響く音に似ていたのだと

なかなかよきふるごとの
かすかな死の匂いさえする言い伝えではないか
そんな古代歌謡の一ふしを口遊（くちずさ）みながら
西方に目翳（まかげ）して
静かな川面を眺めていると
目の前にぴょいっと、魚が飛んだ
（中略）
このかそけき入水の音が
この老い人にはやけにあわれにしみてくる

するとの突然に、夢のとばりを口あけ
川上の彼方からかつての音調に消えたはずの刳舟があらわれ
甦った「枯野（からの）」が
凋落した心のうちをふるいたたせ
足速に勢（きお）い迫ってくるのだった

（「枯野」）

『古事記』の挿話を下敷きにした作品だが、破船となった「枯野（からの）」と言う舟の木端で塩を焼き、焼け残りの材で作った琴の音の響きが人の心をうったという。田村がその琴の響きを「あわれにしみる」と感じているのは、それが取りも直さず、自らの詩の発露に共鳴しあっているからである。

　もとは「軽快に海なかを渉る舟」、それが破船となり、塩焼きの材となり、ついには琴となってさやさやと漬の木を揺らしている。おそらく詩人の思いからすれば、琴には「言」が重なっている。舟が本来のかたちを失って、予想さえもしえなかった琴になり果てること。そこには「言葉」から魂が脱けて「蛻」となったが、「蛻」ゆえにこそ、言葉はその空洞を震わせる楽器となり果てるのだという田村の詩想が重ねられている。その言葉の音楽によって、失われた魂が、「凋落した心のうちをふるいたたせ」るのだ。田村の目指す詩を「蛻の詩想」と名付けたい所以がそこにある。

地名は、その土地の霊魂の胚胎の痕をはっきりととどめている言葉だが、この選詩集には、地名に由来する多くの作品を読むことができる。長らく「折口信夫研究会」やその後を継ぐ「菅江真澄研究会」を通して、古代人の住みなした土地を詩人や民俗学の仲間たちと旅してまわっていることと大いに関係があることは言うまでもない。

古代人を初めとする先人の魂を求めての沖縄・九州、アイヌゆかりの北海道や東北。東日本大震災の被災地、京都、伊勢、出雲。さらにはシベリアへ、イタリアへ、コルカタへ。それらの土地は、ほとんどが濃密な喪失の記憶、あるいは、かつて魂が息づいていた場所。つまり、この現の世界と異界との境界的なトポスなのである。田村は、この現のさまざまな場所を彷徨(さまよ)い巡り、そこで言葉を手向け、詩を供える。あたかも、そこを離れていった魂が息づく場を呼び戻そうと試みているかのようだ。

魂の蛻としての言葉の骨を響かせ、その空洞を震わせるという詩の言葉の働きは、一方で、すぐさま、田村自身も、実は《蜺》であるということを思い起こさせる。

これは選詩集のどれをとっても共通していることだが、彼の故地やその周辺が繰り返し詩に現れ、父母や祖父母、曾祖父母、さらにはその祖系への精神的な潜り込みとでも言うべき姿勢が、ゆるぎない田村の詩の竜骨（キール）となっていることを確認すれば、自らの生の根源への思い入れの深さが、そのまま「蜺」である田村自身を炙り出していることに気づく。そしてそのことには彼自身も十分に自覚的である。

実は、自らを蜺と自覚するところから、田村の詩の言葉のもう一つの重要な特質が由来することを言っておかなければならない。

彼の詩を丁寧に読めば明らかなように、古典的な語彙や修辞に彩られているが、詩のスタイルの骨法は、柔軟な揺れ幅を持つ口語的な詩の理路に則っている。それは、自分が「蜺」であるという、自らの立ち位置を見つめるイローニッシュな冷めた視座と、「蜺」であることに対する愚痴やさびしさや弱さを託つような表現とがない交ぜになった独特の叙情味を醸し出している。

おれの作ったものを見て飛躍が足りない、と言うんだ／平俗だというのかな／飛べ、という／もうこの年齢になるとね、飛んだらあの世だよ／五百塵点劫なんて称えて／ほんのすこしでも天に近づこうなどと思ったら／空気はうすくて危ない危ない／身の丈を考えてね／筋ちがえるよ／無理しちゃだめだってば
（「飛べ」）

古典由来の言葉を伏流させ、《今、ここ》に息づいている口語的な軽みの調子を帯びた言葉の自在な運動もまた、田村の詩のもう一つの美質である。選集の後半に、とりわけその古典的な修辞の綾と、軽妙な口語の言い回しとの絶妙のバランスが生み出した作品（清水昶や吉本隆明、山中智恵子など、故人への追悼や追慕の情に溢れた佳品なども含めて）に恵まれた。

俘囚の裔のひとりだから、ひそかな独り言をいう／じぶんをいささかひかえめにし、直ぐなるすがたで造化に順うこと／そうすればきっと、ものの本然の性は窮理の呼子となって／蟹が泡吹くようなつぶやきに答えるよう／かがやかな閃光を見せてくれるだろう／必敗者のいさおしとして／矜恃

と自負との　（「必敗者のいさおし」）

おしまいに付け加えておきたいことは、自らの生の祖型をもたらした家の歴史や故地周辺の風土に繰り返し言い及び、言葉と魂の緊張を孕んだ古代や、言葉の豊かな沃野のごとき古典語へのこだわりなどなどから、田村の詩が未来を志向していないことはあきらかだが、それでは、過去への潜り込みや、古きよき時代への沈潜に過ぎないのかと言えば、全くの見当違いである。今述べた田村の詩の言葉の属性は、すべて私たちの時代の《今、ここ》を照らし出すための鏡面としてはたらいている。《蛻》の空洞を響かせ、震わせて、見えないけれども、私たちの奥深くに眠っている異郷の記憶を、呼び覚ますこと。私たちの奥深くに伏流している無意識な生の源流を汲む柄杓が田村の詩なのである。その柄杓からこぼれた田村の言葉の音楽は、《今、ここ》という現在においてこそ豊かに息づく。

田村雅之年譜

一九四六年（昭和二十一年）〇歳
一月二十一日、群馬県碓氷郡（現・高崎市）下里見五五九の母の実家に生まれる。父民男、母松江の長男。二弟一妹あり。父は、東京電力（水力発電）に勤める。父方祖父は内務官僚、経済学博士。母方は江戸時代からの医科の家。利根郡久呂保村大字川額六〇八番地の東電社宅に幼児期を過ごす。
一九五一年（昭和二十六年）五歳
勢多郡北橘村八崎舟戸の東電社宅に転居。
一九五二年（昭和二十七年）六歳
四月、群馬県北群馬郡渋川町立北小学校に入学。（越境入学、徒歩片道三十分の登下校）
一九五六年（昭和三十一年）十歳
父、肺結核の治療療養のため千葉県稲毛に単身別居。
一九五八年（昭和三十三年）十二歳
四月、渋川市立渋川中学校に入学。書道部に入る。
一九五九年（昭和三十四年）十三歳
四月、高崎市立第三中学校に転校する。高崎市南町四四番地、笠井宅に寄留。（理科部に入る）
一九六一年（昭和三十六年）十五歳
三月、高崎市立第三中学校を卒業と共に、榛名町下里見の祖母、叔母の家に転居。居候生活に入る。四月、群馬県立高崎高等学校に入学。剣道部に入部。剣道二段。
一九六四年（昭和三十九年）十八歳
三月、高崎高等学校を卒業。東京・世田谷区上用賀三―一七―五に転居、五年ぶりの両親と共の生活。
一九六六年（昭和四十一年）二十歳
四月、明治大学商学部商学科に入学。ドイツ文化研究会に入部する。十二月、「独学者」創刊号に、「詩的断片『情調哲学』」を発表。独研機関誌に「カミュの小説に於ける思想的背景」を発表。
一九六七年（昭和四十二年）二十一歳

六月、アスパック反対闘争、赤坂・山王で検挙さる。気象庁、東京電力・技術研究所でアルバイトをする。商学部の学生自治会副委員長となる。

一九六八年（昭和四十三年）二十二歳

「駿台論潮」に「ヴェーバーと私」を発表。同人誌「独学者」に詩、共訳詩、評論を書く。四月、ドイツ文化研究会の幹事長となる。社会思想研究会を創部。明治大学学生新聞に入る。また文化部連合会の副委員長にもなる。十一月、「近代資本主義の成立およびその精神――ヴェーバー研究序説」を、独研機関誌に発表。

一九六九年（昭和四十四年）二十三歳

三月、卒論「マルクスとヴェーバー――社会科学方法論をめぐって」、「想像力論――ポーからボードレールへ」。十二月、「独学者」3号に「夢と想像力」を発表。同月、以前より婚約していたY・Kと婚約解消。

一九七〇年（昭和四十五年）二十四歳

三月、国文社編集部に就職。初代編集長は松永伍一、二代目編集長は林利幸。四月、小林由利子（韓国外換銀行・東京支店勤務）と駆け落ち、同棲生活に入る。板橋区徳丸町一―三二―一三に転居。七月、千葉・野田の梶木剛を訪ね、同じ教員住宅の月村敏行を知る。十月、結婚。

一九七一年（昭和四十六年）二十五歳

二月、梶木剛に連れられ吉本隆明宅へ行く。三月、明治大学の和泉キャンパスで村上一郎と桶谷秀昭と一緒の樋口覚に、初めて出会う。林利幸、伝統と現代社に転職の結果、急きょ国文社編集長になる。

一九七二年（昭和四十七年）二十六歳

四月、土橋治重主宰の詩詩「風」の同人になる。四月、練馬区桜台一―二五―三の妻の実家が経営するアパートに転居。九月、長男雅樹生まれる。五月、第一詩集『さびしい朝』を国文社より上梓、解説・尾原和久。尾原和久の個人誌「zig zagu」に「漱石論断章」「ユーレカ論」「リヒャルト・ワーグナー論」を書く。清水昶、正津勉と日野の菅谷規矩雄を訪ねる。十月、日本読書新聞評論賞に応募、「道草小論」佳作となる。

一九七三年（昭和四十八年）二十七歳

六月、「無名鬼」18号に「道草小論」を発表。

一九七四年（昭和四十九年）二十八歳

五月文芸雑誌「磁場」創刊。九月、二男雅人生まれる。村上一郎のすすめもあって、埼玉県坂戸市清水町一―二五―三に一戸建て住宅を購入、転居する。

一九七五年（昭和五十年）二十九歳

二月、「方法的制覇」を富沢文明と創刊する。三月、村上一郎自死。五月、「磁場」村上一郎追悼号を編む。八月、「方法的制覇」2号に「萩原朔太郎ノート」を連載しはじめる。四月、第二詩集『永訣』を、国文社から出版する、解説・月村敏行――〈傍系〉の形成と変容。十一月「白鯨」6号に「歳月と沈黙――佐々木幹郎論」を発表。

一九七六年（昭和五十一年）三十歳

二月、「方法的制覇」3号に「萩原朔太郎ノート（二）」を発表、この号から同誌の発行人となる。六月「公評」に「光の内胎――萩原朔太郎」を発表。七月、「本の雑誌」に清水透の筆名で現代詩の書評を書く。八月、山口・湯田温泉の中原中也の家を訪れ、中也の原稿等を撮影する。十月、「本の雑誌」3号に「宿命的につづく批評と文学の隙間」を発表。

一九七七年（昭和五十二年）三十一歳

一月、祖父田村浩の著書『琉球共産村落の研究』が至言社より名著復刻本として刊行される。同月、「本の雑誌」4号に「愚者の逆説」を発表。四月、「本の雑誌」5号に、「芸術に関する回想の私的断片」を発表。七月、「ポエム」萩原朔太郎特集に「疾駆する意志――萩原朔太郎『詩の原理』」を発表。十月、国分寺の日和崎尊夫宅にて画家の倉本修にはじめて会う。

一九七八年（昭和五十三年）三十二歳

一月、『空のコラージュ』（酣灯社）に作品を掲載。三月、「流動」に「絶対の真空をかかえた詩人――吉本隆明」を発表。五月、第三詩集『ガリレオの首』（七月堂）を上梓。九月、「方法的制覇」第4号に「萩原朔太郎ノート（三）」と、アフォリズム「感情の哲学」を発表。

一九七九年（昭和五十四年）三十三歳

一月、父田村民男の著書『群馬の水力発電史』（七月堂）の出版を手伝う。二月、「方法的制覇」第5号に「萩原朔太郎ノート（四）――生活、その無意味な憂鬱」、またアフォリズム「成熟の思考」を発表。七月、祖父田村浩の著書『沖縄の村落共同体論』（至言社刊）に著者年譜作成。

一九八〇年（昭和五十五年）三十四歳

一月、「磁場」20号（終刊号）を発行。「萩原朔太郎ノート（五）」を「方法的制覇」六号に発表。

一九八一年（昭和五十六年）三十五歳

四月、粟屋和雄と株式会社砂子屋書房を設立。神田・いせ源本館にて創業祝宴を挙げる。七月、『エディター』に「歴史の雫――高野長英『医原枢要』」を発表。十月、川口松太郎が恩師（祖父のこと）の墓参と言って、田村家の菩提寺（安中・東光院）を訪れ田村浩に永代供養を置く。

一九八二年（昭和五十七年）三十六歳

七月、図書新聞に「詩集廻廊」の連載四回、木下杢太郎・北原白秋・萩原朔太郎・大手拓次。十月、第四詩集『破歌車が駆けてゆく』（アトリエ出版企画）を上梓する、栞文、北川透・樋口覚・岡井隆。

一九八三年（昭和五十八年）三十七歳

正月、小池光が坂戸の自宅に焼酎を提げ、現る。五月、妻の突然の出奔で、家庭崩壊。二人の子供を転校させ、両親のもとに預ける。八月、鹿児島・出水市西照寺にて、吉本隆明、石牟礼道子、桶谷秀昭の二日にわたる講演が岡田哲也によって企画され、手伝いに樋口覚、板倉道子、木村栄治、安田有と出かける。十一月、離婚調停成立、二人の子供の親権を得る。

一九八四年（昭和五十九年）三十八歳
板倉道子と再婚。神奈川県川崎市多摩区寺尾台一丁目一八番一五メゾン寺尾台i—Aに転居。九月、雨宮雅子歌集『雅歌』解説、「雨宮雅子の世界」を執筆。十一月、伊賀上野「栄玉亭」にて、谷川健一、山中智恵子と、翌日は松坂の「まつもと」で、連日の歌仙。丹生神社で、古代の水銀の精錬器を見せてもらう。

一九八五年（昭和六十年）三十九歳
二月、神奈川県立勤労会館にて、結婚式を挙げる。仲人席に、菅谷規矩雄・山中智恵子・永島卓・堀川正美。三月、自宅にて、捌き役に小中英之を迎え、山中智恵子、馬場あき子、谷川健一と歌仙「春暁の巻」を巻く。四月、岡井隆、永田和宏、樋口覚と座談会「ラビュリントスの声——文学と医学の間」を「方法的制覇」20号（終刊号）に発表。五月、長女郁子誕生。高崎の子供二人を転校させ、同居する。十二月、赤坂憲雄著『異人論序説』を刊行する。伊藤聚、板倉道子、中村えつこと「鵺」創刊。

一九八八年（昭和六十三年）四十二歳
七月、赤坂憲雄、吉田文憲と「折口信夫研究会」を立ち上げる。以後二、三か月に一度の研究会を五年間続ける。途中から会の名前は、「菅江真澄研究会」にかわる。七月、沖縄・石垣島旅行。九月、青森・下北へ旅行。十月、京都長岡京の錦水亭にて多田智満子、山中智恵子らと歌仙。十二月、滋賀・尾上温泉「紅鮎」にて津田清子、山中智恵子らと歌仙。十二月沖縄・久高島、与那国島に吉本隆明・赤坂憲雄らと旅行。

一九八九年（平成元年）四十三歳
四月、九州・柳川、南関の盲僧琵琶法師によるかまど祓いの調査旅行を佐々木幹郎・兵藤裕己らと。同月、三輪山・吉野山旅行。六月、陸中大船渡、遠野旅行。九月、神奈川県相模原市南区上鶴間一—二六—九に新築一戸建て住宅を購入。十二月、近江・長浜、余呉湖を旅行。

一九九〇年（平成二年）四十四歳

四月、「あんかるわ」菅谷規矩雄追悼集に、「テノールの声」を発表。八月、奈良葛城高原ロッジにて山中智恵子、多田智満子らと歌仙。八月、沖縄、八重山旅行。アカマタ・クロマタを新城島、石垣の宮良で見る。熊野旅行、紀伊勝浦の越乃湯にて山中智恵子らと歌仙。

一九九一年（平成三年）四十五歳

二月、「方法的制覇」第5号に「萩原朔太郎ノート（三）——生活、その無意味な憂鬱」、またアフォリズム「成熟の思考」を発表。青森・深浦へ旅行。八月、神戸・六甲ホテルにて、山中智恵子、笠原芳光らと歌仙。十月、青森・竜飛、外ヶ浜を旅する。

一九九二年（平成四年）四十六歳

四月、諏訪・御柱祭。六月、第一詩集から第六詩集までの作品を自選した詩七十四篇を収録した詩集『デジャビュ』を上梓する。

一九九三年（平成五年）四十七歳

三月、詩集『デジャビュ』出版記念会を、日本出版クラブにて行う。十一月、粟屋和雄と吉備・松江を経て隠岐島に旅行。

一九九六年（平成八年）五十歳

五月、河野愛子賞を継ぎ、新たに寺山修司賞を創設して、受賞祝賀パーティーを行う。この年の受賞者は永井陽子、小池光。以後両賞は二十二年続く。

一九九八年（平成十年）五十二歳

十二月、第七詩集『鬼の耳』を花社より上梓、栞文—吉田文憲・谷川健一・馬場あき子・吉増剛造。七月、沖縄行き。八月、蔵王・佐渡行き。

一九九九年（平成十一年）五十三歳

一月、父民男食道がんにて死去、七十九歳。十月、『鬼の耳』で第31回横浜詩人会賞受賞。

二〇〇一年（平成十三年）五十五歳

六月、山の上ホテルにて砂子屋書房創業二十周年記念パーティーを開催。

二〇〇三年（平成十五年）四十七歳

三月、有馬・城崎温泉を旅行。同月、札幌、小

樽、苫小牧、平取に旅する。十月、第八詩集『曙光』を上梓。十二月より週刊読書人「わが交遊」に連載1樋口覚・2赤坂憲雄・3小池光・4尾原和久。

二〇〇四年（平成十六年）五十八歳

八月、台湾へ倉本修と共に『短歌人』夏季大会に同行、旅行する。

二〇〇五年（平成十七年）五十九歳

四月、『藍色の蟇』とその周辺」を、安中・磯部の大手拓次「薔薇忌」で講演。

二〇〇六年（平成十八年）六十歳

六月、エミールでの「風忌」で詩の朗読。同月、小中英之を偲ぶ会を開く。河野裕子さん宅に出向き『庭』の歌稿を戴く。八月、娘郁子のホームステイ先のオーストリア・ケアンズに挨拶を兼ねて出かけ、ゴールド・コースト、グレート・バリア・リーフ、デイン・ツリーを旅する。十月、日本現代詩人会の監事となる。十二月、第九詩集『エーヴリカ』を紙鳶社より上梓。

二〇〇八年（平成二十年）六十二歳

十月、詩誌「ERA」同人となる。十一月、現代詩人文庫『田村雅之詩集』（砂子屋書房）を出版。

二〇〇九年（平成二十一年）六十三歳

六月、日本現代詩人会の副理事長となる。八月、客船「ふじ丸」にて敦賀より韓国へ。釜山から慶尚道を旅する。

二〇一〇年（平成二十二年）六十四歳

六月、母松江白血病にて死去。九月、『萱の歌』（第五詩集）、同月、『デジャビュ』（第六詩集）いずれも砂子屋書房刊。同月、中国、東北三省旅行に参加。尾原和久・赤藤了勇、横山宏章ら十人と、延辺・龍井・防井をめぐり、ハルビン、長春、大連と十日の独自企画長旅。十一月、「声のライブラリー」（近代文学館）で、黒井千次、山村庸子と共に朗読をする。十二月、『琉球歌謡論』（玉城政美著）で、第31回沖縄タイムス出版文化賞を受賞する。

二〇一一年（平成二十三年）六十五歳

八月、第2回ポエトリー・フェスティバルの副ディレクターとなる。明治大学リバティー・ホールで「転生水馬」を朗読。九月、中国・福建省へ九日間の旅。十月、第十詩集『水馬』を白地社より上梓、帯文・小山鉄郎。「三好達治賞」「丸山薫賞」の最終候補になる。十一月、山の上ホテルでの木暮家親族会議にて高崎の里見の家屋敷を継ぐことになる。

二〇一二年（平成二十四年）六十六歳

「歴程」同人となる。二月、インドへ、日本詩人クラブ企画の十日間の旅。ニューデリーからコルカタのタゴール生家を訪ねる。五月、「清水昶を偲ぶ会」を私学会館で執り行う（世話人代表）。十二月、「膂力の人――梶木剛遺稿集全三巻」を週刊読書人に発表。

二〇一三年（平成二十五年）六十七歳

三月、吉本隆明「逝去一年の会」の司会をする。十月、皇居に倉本修と宮内庁・雅楽を聞く。十二月、第十一詩集『航るすがたの研究』を青磁社より上梓。小野十三郎賞の最終候補になる。

二〇一四年（平成二十六年）六十八歳

五月、清水昶詩集『暗視の中を疾走する朝』（復刻版）に、栞文「思い出すこと――清水昶」を書く。十月、韓国・扶余を旅する。

二〇一五年（平成二十七年）六十九歳

六月、再び日本現代詩人会の副理事長となる。九月、イタリア・フィレンツェ、シエナを一週間旅する。十月、ロシア旅行。ウラジオストックからシベリア鉄道でハバロフスクまで。

二〇一六年（平成二十八年）七十歳

六月、第十二詩集『碓氷』を砂子屋書房より上梓する、栞文―佐々木幹郎・小池光。同月、「脈」88号村上一郎特集に、「村上一郎年譜（田村雅之編）」が再録される。七月、国文社以来五〇年の友・粟屋和雄、突然の交通事故死。八月、「脈」89号村上一郎の未発表日記と『試行』Ⅱ特集に、「思い出すこと――吉本隆明のこと」を発表。

二〇一七年（平成二十九年）七十一歳

二月、詩集『碓氷』が「三好達治賞」「萩原朔太郎賞」の最終候補になる。七月、日本現代詩人会主催の「日本の詩祭」の実行委員長になる。同月、「第六回琅玕忌だより」に「石田さんのこと」を発表。十月、尾原和久夫妻と長崎の対馬に旅行。

二〇一八年（平成三十年）七十二歳

四月、群馬・磯部での大手拓次の薔薇忌にて、「拓次のこと」を話す。五月、郷里高崎の蔵より、江戸末期の医療器具三〇〇点を発見。中之条の歴史民俗資料館の、「高野長英と群馬の蘭学者」の企画展に貸し出す。

跋

わたしが詩を書きはじめたのは一九六〇年代の終わりころであるから、かれこれ半世紀の長きに亘る歳月となる。

これまでに十二冊の詩集があるが、ここに収めたものは、一九八二年から二〇一六年の五月までの作品を編んだ六冊の詩集、『鬼の耳』『曙光』『エーヴリカ』『水馬』『航るすがたの研究』『碓氷』から抄出した九十三篇からなる詩作品である。

それ以前の六冊の詩集、『さびしい朝』『永訣』『ガリレオの首』『破歌車が駆けてゆく』『萱の歌』『デジャビュ』のなかから、抄出した七十四篇を纏めた既刊詩集『デジャビュ』につぐ二冊目の自撰詩集となる。

集の題を『『デジャビュ』以後』とし、集の末に「年譜」を付け、今日までの貧しい来歴を記してみた。前集でも書いたが、「デジャビュ」とは、人間の最も深い所に埋葬された、永遠の記憶の蜃気楼のことである。

前集の第五、六集あたりから、詩に対しての向かい方がすこし変化したように思う。心境のわずかな移動があったのかもしれない。詩の根拠とその手ざわりと言ってもよいが、そのあたりがこの集を読み通すことで明らかになるかと思う。

思えば今日まで、これまでに出会った多くの友人、知人、親しき人々の助けがあった。あらためて、この場を借りて、それらすべての人たちに深く感謝をしたく思う。

最後になったが、本書に懇切丁寧な解説を書いてくださった藤井貞和さんと時里二郎さんに心より感謝を申し上げる。また、栞に書評文を再掲させていただいた吉田文憲・樋口覚・和合亮一氏にも御礼申し上げる。有り難うございました。

二〇一八年四月

田村雅之

詩集『デジャビュ』以後＊著者田村雅之＊二〇一八年九月八日初版第一刷五百五十五部＊発行者髙橋典子＊発行所砂子屋書房東京都千代田区内神田三－四－七電話〇三(三二五六)四七〇八＊印刷長野印刷＊製本渋谷文泉閣　＊定価五、〇〇〇円

田村雅之詩集

『デジャビュ』以後——栞

「御伽筐（おとぎばこ）」としての詩集　吉田文憲

メチエと彫琢　樋口　覚

はるかな岸辺の琴の音に　和合亮一

砂子屋書房／2018・9

「御伽筐（おとぎばこ）」としての詩集

吉田文憲

畑光（はたびか）りする舟戸
利根のみくまりのあたりから
記憶の等高線は刻まれる
ぬるい吾妻川を、子持山を右に仰いで
御伽筐（おとぎばこ）のつとに入って遡ってみようか

これは「魂送り」と題された、この詩集の冒頭の一篇の書き出しである。「畑光（はたびか）り」という言葉が、じつに巧みだ。この言葉からは、畑がうねって、のどかに光りながら、遠くまでひろがっているさまが鮮やかに見えてくる。地平線には国境の山々も青く光っているだろう。季節感とともに、関東平野、あるいはもう少し山際の北関東のひろびろとした風景がじつによく見える、感じられる詩句である。

ともあれ、詩人は、この「畑光（はたびか）りする舟戸」に、映画でいえば、この詩集のファースト・シーンを開いた

のである。

さらにこの詩句にこだわるならば、「舟戸」の〝戸〟は、扉の〝戸〟でもあり、それはこの詩集の詩人によって開かれるべき風景の扉でもあるのだろう。詩人はこの風景の扉を開いて、利根のみくまりあたりから、さらに利根川をその上流（かみ）へと遡ってゆく。では、その詩人の入ってゆこうとする風景は、どのような風景なのか。

川を遡るということは、ほとんど記憶の源へ遡るということに等しいだろう。

あたかもそこに、〝戸〟＝風景の入口として刻み込まれた、みくまり、分水嶺。それは異郷とこちら側を分かつ詩の境界指標でもある。みくまりのむこうはもはや記憶の中に刻み込まれた「ぬばたまの五月闇」が立ち罩める彼岸＝異郷なのだといってもいいのだろう。

だから、この詩集は、詩人の一種の帰郷譚であり、異界訪問譚である。

詩人が五行目で「御伽筐（おとぎばこ）のつとに入って遡ってみよう」と言っているのは、まさにそのことを語っているのである。

それにしても、この「御伽筐（おとぎばこ）のつと」という言い方は、面白い。

「御伽筐（おとぎばこ）のつと」とは、なにか。

つとは、漢字で書けば、「苞」。包（ツツミ）のツツと同根の言葉である。またつとには、贈り物の意味もあり、「土産」と書いてつとと読む場合もある。いわばそれは包まれた土地の手みやげといったニュアンスをもつ言葉でもあるのである。

すると、「御伽筐（おとぎばこ）のつと」、それはこの詩集のかたち、あるいは構造を象徴的に語ってもいるだろう。すな

わちこの詩集はつと（苞）に包まれた御伽話の入った土産「筐（はこ）」、そのようにして私たち読者に差し出されようとする作者の異郷からの心の手土産なのだ、どうかみなさんそれを御覧になって下さい、冒頭で詩人はまさにそう宣言しているのである。

おそらくはだからこの「御伽筐（おとぎばこ）」とは、「詩」を可能ならしめる一種の暗箱＝ブラック・ボックスでもある。古来「箱」が異界へと渡るためのタイム・カプセル、時間の乗り物でもあるように、ここでもそれは詩人の故郷＝異郷へ入ってゆくためのタイム・トンネルの役割りを果たしているのだろう。その意味でも「御伽筐（おとぎばこ）のつと」という言い方はじつに巧みである。

私たちはここに、この詩集を編むにあたっての詩人の周到な、そして練達したしたたかな修辞の腕の冴えをみてもいい。

ともあれ、故郷訪問譚は「御伽筐（おとぎばこ）」のなかでしか語れない。別の言い方をすれば、「御伽筐（おとぎばこ）」とは、詩人が異郷で「鬼」に会うためのタイム・カプセル、時間の装置として、ここに仕組まれているのである。

では、この詩集の標題にもかかわるその「鬼」とは、なにか。

それはこの詩集を読んでもらうしかないが、この詩集を読んでもらってめいめいがそれぞれに自らの心の中の鬼と出会い、またそれを感じてもらうしかないが、ただこの詩集が、詩人が「鬼」と名づけたものに対する深く、哀切な共感、この時代の片隅に追いやられ、亡びてゆくものに対する無言の熱い想いに貫かれてあることだけは言っておきたい。

一方に「デスペレートな感情の束」があり、他方にそれを「球形の言霊につつんで」いわば歌として差し

出そうとする詩人の祈りがある。そしてそれはまさに多くを語らない無言の歌としてこの詩集全体に響いている時代に対する哀悼の声でもあるのである。

詩集は「魂送り」からはじまって、最後に「龍神橋幻想」という作品を置いている。ともに、この詩集の中でもきわだってすぐれた作品であるが、ここではむろん「魂」や「龍神」を詩人の言う「鬼」と言い換えてもいい。そのデスペレートな想いをかかえて生きる追いやられるもの、荒ぶる「鬼」をいかに鎮めるか。そういう深い鎮魂のモチーフが、この二篇の作品のタイトルからだけでも伺うことができるだろう。

その「龍神橋幻想」では、鬼は蛇に変身し、ほんのりと薄紅色に染まった水神＝龍神となって、天に登ってゆく。

それは、詩集冒頭の「魂送り」の末尾で、

　夜明けには桶に光をたんと汲み
　手向けの花をあげたくて

と書きつけた詩人の（「たんと汲み」のたんの巧みさ）水の供物＝「手向けの花」が、いま夜明けの聖なる桶をあふれて、天空につかのま美しい七色の光の虹を架けるかのようだ。

ここにも長い時間を旅してきたこの詩人の異界を開くもう一つのタイム・トンネルがあり、それを見上げる夢から覚めたかのような詩人のどこか明るい放心したまなざしが私には忘れ難く深く印象的である。

——詩人はいま、この世のどのあたりに立っているのだろうか。

（『鬼の耳』栞文、一九九八年十二月）

メチエと彫琢――田村雅之詩集『エーヴリカ』を読む

樋口　覚

今日は田村さんに、最近出た詩集について簡単に述べよといわれてやってきました

今度の詩集は送られてきたとき、すぐに葉書で礼状を出し、「今までの中で最高にいいのではないか」と書いた記憶があります。

皆さんお気づきのことと思いますが、田村さんの詩はたいへん語彙が豊富で、言葉遣いでいうと和語が多い。和漢混淆文的な遣い方、それらがうまく遊動されています。

以前はそれがペダンチックにみえたり、若者風の衒気という風にもみえたりしたのですが、今度の詩集ではそれがうまく溶解されていて感心しました。いろいろな題材をあつかっていて、それにふさわしいメチエ（技倆）をみつけるのに鍛錬であり、それに対する彫琢のしかたが堂に入っていると思ったのでした。

田村さんの詩は、故郷上州に基盤を置いていて、例えば田村浩という祖父が出てくる。その人は沖縄の民俗、土地制度の研究者であるわけですが、その他たくさんの高祖の人が出てくる。

歌の世界では、たとえば定家や俊成などは長年かけてつくりあげた「家学」というものがありますが、それに似た家の学問をもった家系に田村さんは生まれた。これはひとつの特徴です。

ただそれを「おらが家の自慢」ではなく、長い時間を費やして、背丈に合ったところで、詩のモチーフにしようと対象となる古人との関係が、十分に成熟するまでじっと待っていたところが、特筆すべきところだと思います。

「野火の記憶」という題の詩に、高山彦九郎が出てきます。人はあの京都の宮に向かって礼をしている姿を思い浮かべて、一種のアナクロではないかと思われるかもしれない。それが少し違うのです。また紀州の奇人南方熊楠までとりこんで詩にしてしまう。古今独歩、このようにうまく書ける詩人はそう多くないのではないかと思います。

高野長英がポンと出てくる。この詩集に列挙され召喚されてくる歴史上の人物を前にして、いままでの通俗的な歴史人物の解釈とは別で、別なものに転化させてみようという作者の強い意識がそこに働いていると思います。

詩集の題名になった「エーヴリカ」

「トーマス・マンは一人でノヴァーリスを発見した／そう、クルチウスが『文学の旅』の中で言っているが／平出隆も一人で伊良子清白を発見した、それも新しく発見したのだ／ますます芥川の顔に似てきたわが友、樋口覚が帯文で書いている／発見！／そうだ、ロシア語ではエーブリカ！／ユウレカのことだ、と」

私は芥川に似ているとは思っていないので、これは昔から見ると頭の毛がだいぶ薄くなってきたことを田村さんがからかっているのだと思いますが、この導入から入って、内村剛介というラーゲリの体験者の名前を出し、村上一郎の死、石原吉郎の死を経て、あの時代はいったい、何だったのか、改めて考えなおさなければという詩人の意志を感じます。この詩で言えば、武田泰淳が死に、竹内好が死に、その文学的連鎖のよ

うにして中国文学者の増田渉が死んでゆく。ちょうど、詩でいえば戦後派の荒地が虚妄の文学として忘れ去られていく時代。だからこそ田村さんはこの詩を書こうと思ったに違いない。そのときの彼らの挙動、考えなどを自分だけにしか理解できないところから、詩に書けるのではないだろうかというところにたどりついた。田村さんの今までの詩にはなかったものだと思います。この境涯という場所で書かれた詩はヨーロッパのランボーとかヴァレリーにない、新しい実験的な試みだと思っています。

萩原朔太郎に「蛙の死」という詩があります。

「蛙が殺された、／子供がまるくなつて手をあげた、／みんないつしよに、／かはゆらしい、／血だらけの手をあげた、／月が出た、／丘の上に人が立つてゐる。／帽子の下に顔がある。」

ぼくはこのフレーズを発見して『日本人の帽子』（講談社刊）を書いたのですが、「帽子の下に顔がある」時代は終わって、「帽子の下に顔がない」時代、たとえばロートレックの絵の中にはほとんど顔がない。マネが書いた女性には飾り物をつけた帽子はあるのですが、その下の顔はみな消してあるのです。この「帽子の下に顔がある」から「帽子の下に顔がない」の発見で、「近代絵画論」の小林秀雄はぶっつぶれるというのが私の意見です。なぜかというとあの中で小林はマネという画家に一切触れていない。そこにこそ近代の象徴主義の問題があるにちがいないと私は思うのです。

私はいい気になって、自分が発見したようなことを思っていたら、田村さんの古い詩集『曙光』の中に「麦藁帽子の下は／顔のないいつもの男」（「牽牛花によせて」）というのがあり、愕然とした。ずっと以前着目していた人がいたということを知って、たいへん嬉しかったのです。

田村さんは、赤坂憲雄とか吉田文憲とかぼくたちと民俗学的な旅をあちこちしてきている。たとえば鉄幹、

白秋、杢太郎、吉井勇や平野萬里らが「五足の靴」といって南蛮旅行をした、そのあとを追ってわれわれも旅したりしました。一つの文学運動体となってある詩の形成をするために旅行に行く、ということも必要なのだということをあとになって知ることになるのです。そのような旅の作法も学んだ。ジェラルド・ネルヴァルのように東方へ足をのばして旅をし、探索して、『ファウスト』を全巻訳したとかいうことも、むこうではあるわけで、今日はそういう時代なのではないかと、思います。

長い時間をかけた往還の思想と成熟。すべての経験がよくコンデンスされていて、その世界を描くまで堪念して待った。そういう意味で今度の詩集は魅力的だったと思います。

（「花」四〇号、二〇〇七年九月）

はるかな岸辺の琴の音に──田村雅之詩集『航るすがたの研究』

和合亮一

本詩集を読み始めると誰しもが、大海原を行く、一艘の船を思い浮かべるのではないだろうか。そのゆっくりとした雄大な影を。そして読み終えると、人はなぜ詩を書くのかという問いに向かって、漕ぎ出すための櫂が与えられているのだ、と。頁をめくりながら何度も、原点回帰させられるような気がした。船体を貫く一本の支えである竜骨が、海をとても静かに渡っていく姿を、想い続けた。

するとと突然に、夢のとばりを口あけ
川上のかなたからかつて音調に消えたはずの刳舟があらわれ
詩を見つめる眼差しは、古代の船の姿の影に重ねられている。
凋落した心のうちをふるいたたせ
足速に勢い迫ってくるのだった

これらの船をはるか昔には「枯野」と記して「からの」と呼称したらしい。その響きを思い浮かべ、木の船を焼き、燃え残った木材で琴を作り鳴らしたという言い伝えに心をめぐらせている姿がある。壮大な時の大海の、その浪間に揺蕩う、変わらないものを見つめる眼差し。

去年今年貫く棒の如きもの　（高浜虚子）

という句があるが、時空間を〈航る〉影はそこに正に「棒の如きもの」を見つめようとしている。時折の老いの心境の中に、生きることの厳しさや親しさを込めて、追い続けようとしている。あたかもはるかかなたの時の岸辺を渡るその琴の音を耳にしようとして、研ぎ澄まされて、新鮮になっていこうとする感覚が見出されていく。

時には若い青年時代の出来事の回想や、亡くなった詩友への感慨などを重ねながら、長く愛用してきた湯飲み茶わんを眺めるような眼をしながら、詩語を深く紡いでいるかのようだ。静謐な日常の時の網目をくぐり抜けるようにして、ぬっと輪郭を表す、様々な暮らしというものの表情。

ましてや、この世に
黄昏があり
限りがあると知らなかったのだ

ふいに、死はやってくる
ピューリファイ!
虚舟のたとえもある

自らもまた時の向こう岸へと旅立つことがあることの予感を言葉に編み込んでいる。東日本大震災で亡くなった方々への想いや、詩人清水昶への追悼詩や、吉本隆明とのエピソードをめぐる佳品など味わいのあるものが並ぶ。自らの生の在り様を他界した人々や友や先輩に話しかけるようにしながら、様々に自らに問い続けているかのようだ。

きみもときどきは竜骨が
船底の中心にきちっと入っているかどうか
その背に手を入れてたしかめてみたまえ

舳先は人生の道しるべを探し続けている。矛先は詩そのものを眼差しつづけている。明滅する灯のようなものに向かいながら、いよいよ感性の黎明へと漕ぎ出そうとしている、熟達したその書きぶりに魅せられた。

(「青磁社通信」二七号、二〇一五年六月)